Ora bolas

O humor de

Mario Quintana

130 historinhas compiladas e adaptadas por
Juarez Fonseca
Incluindo texto biográfico por ERNANI SSÓ

4ª edição *revista e aumentada*

L&PM POCKET

Coleção **L&PM** POCKET, vol. 538

Texto de acordo com a nova ortografia.

Este livro foi publicado em 1996 pela editora Artes e Ofícios.
Primeira edição na Coleção **L&PM** POCKET, revista e aumentada:
 setembro de 2006
Esta reimpressão: julho de 2024

Ilustrações: Santiago
Foto da capa e da página 75: Dulce Helfer
Layout da capa: Ivan Pinheiro Machado
Revisão: Jó Saldanha

CIP-Brasil. Catalogação na Fonte
Sindicato Nacional dos Editores de Livros, RJ.

F744o

Fonseca, Juarez, 1946-
  Ora bolas : o humor de Mario Quintana: 130 historinhas / compiladas e adaptadas por Juarez Fonseca. – rev. e aum.. – Porto Alegre, RS: L&PM, 2024.
  il. ; 160 p. – (Coleção L&PM POCKET ; v. 538)
  "Incluindo texto biográfico por Ernani Ssó" – Anexo
  ISBN 978-85-254-1594-3

  1. Quintana, Mario, 1906-1994 - Humor, sátira, etc. I. Título. II. Série.

CDD 869.97
CDU 821.134.3(81)-7

© Juarez Fonseca, 2006

Todos os direitos desta edição reservados a L&PM Editores
Rua Comendador Coruja 314, loja 9 – Floresta – 90220-180
Porto Alegre – RS – Brasil / Fone: 51.3225.5777

Pedidos & Depto. Comercial: vendas@lpm.com.br
Fale conosco: info@lpm.com.br
www.lpm.com.br

Impresso na Gráfica Editora Pallotti, em Santa Maria, RS, Brasil
Inverno de 2024

Apresentação

Tenho duas dele. Uma vez ele pegou uma carona comigo e sentou no banco de trás. Quando eu parei na frente da casa do Josué, na rua Rivera, ele teve alguma dificuldade para descer do carro. E comentou: "Como a gente tem pernas, né?"

Outra. Nos encontramos no Rio. No Hotel Canadá, em Copacabana, onde ele ficava sempre. Ele nos contou que a coisa de que mais gostava no Rio de Janeiro era entrar em túnel. Era a única maneira de descansar da paisagem.

Ele dizia muito "ora bolas". Não sei como ele era na juventude, mas na época em que o conheci nunca ouvi ele dizer nada mais impaciente ou contundente do que "ora bolas". Era o seu desabafo de mil utilidades. Ao contrário de outros humoristas, ele era espontaneamente engraçado. Ou talvez, ora bolas, estivesse dizendo todas essas coisas sabendo que alguém como o Juarez as colecionaria um dia. Ainda bem que apareceu alguém como o Juarez.

Luis Fernando Verissimo

Sumário

As besteirinhas do seu Mario / 7
Hein? / 15
Ah! / 63
Tá? / 107
Jekyll, Hyde e Wong
(ensaio biobibliográfico) / 151

As besteirinhas do seu Mario

*Juarez Fonseca**

FOI ASSIM: eu estava preparando uma edição especial do suplemento "Cultura", de *Zero Hora*, sobre os 88 anos que Mario Quintana completaria em 30 de julho de 1994. Fui conferir o que o jornal publicara na ocasião dos 80 e, mais atrás, dos 70 anos. Nesta, encontrei uma página de "anedotas", editada por mim. Resolvi reescrever algumas, começando pela historinha "Faroeste", adaptada de uma brincadeira do poeta durante uma entrevista que fiz com ele em 1977. De observações e bisbilhotices pessoais tirei mais duas ou três.

---

* JUAREZ FONSECA (Canguçu, RS, 1946) é jornalista e crítico de música com passagem pelos jornais *Folha da Tarde* e *Zero Hora*, de Porto Alegre. Desde 1996 mantém colunas de música no jornal *ABC Domingo*, de Novo Hamburgo, na revista *Aplauso*, de Porto Alegre, e na revista *Sucesso*, de São Paulo. É também conselheiro do Santander Cultural. Produziu shows e discos, publicou a biografia do trovador Gildo de Freitas (Tchê/RBS), participou dos livros *Sombras e luzes – Um olhar sobre o século* (Samrig/L&PM), *Gaúchos – Líderes e vencedores do Século XX* (Assembleia Legislativa/Federasul) e das antologias *Nós, os gaúchos* e *Sobre Porto Alegre* (ambas da Editora da Universidade).

A nova reunião de "anedotas" recordou-me outras tantas e logo os amigos ficaram lembrando mais. É como desenrolar um novelo. Então pensei: que tal um livro que reunisse esse lado de Mario Quintana? Porque esse lado tinha a cara dele. Era um genial piadista, dono de fantástica presença de espírito. As frases que escrevia no "Caderno H" eram muitas vezes a lapidação das tiradas espontâneas. Como: "Quando alguém pergunta a um autor o que este quis dizer, é porque um dos dois é burro".

Sérgio Lüdtke, da editora Artes e Ofícios, topou na hora a proposta do livro, cujo título se impôs em meio às entrevistas que eu fazia com pessoas que conviveram ou tiveram contato com Quintana. Reuni 113 historinhas. *Ora Bolas* acabou ficando em segundo lugar na lista dos mais vendidos em não ficção na Feira do Livro de Porto Alegre em 1994 – o primeiro foi *Chatô, o rei do Brasil*, de Fernando Morais. No mesmo ano saiu uma segunda edição e, em 1996, a terceira, ampliada para 121 historinhas. Para esta quarta edição, com sabor de primeira, que a L&PM lança nacionalmente em meio às comemorações do centenário de nascimento do poeta, o texto foi revisto e além de inúmeras historinhas terem sido reescritas, agora são 130.

ORA BOLAS, para mim, é um livro de humor. Em 1976, pleno boom do novo humorismo gaúcho, amplos espaços abertos no caderno "Guia", de *Zero Hora* e no "Quadrão" da *Folha da Manhã*, editei com Guaraci Fraga a antologia de humor *14 Bis* – que se seguia ao livro *QI 14*, com outros catorze humoristas, lançado pela Editora Garatuja um ano antes. Quintana foi convidado para entrar na antologia como homenageado especial e natural. Aceitou na hora, quis selecionar seu material. O que quer dizer que também se via como um humorista. Às vezes ele próprio se surpreendia com a piada que brotava, tal a velocidade do raciocínio. Mas havia muitas guardadas na manga, e essas se podia reconhecer pela expressão que assumia, aguardando o riso em volta.

Os humoristas fazem humor para que se ria, óbvio, seja um riso escancarado, um riso de puro deleite, um riso amarelo ou um riso constrangido. Mario Quintana cultivava todas essas modalidades. Tinha o *timing* da piada e gostava de seu lado *clown*. Tanto, que chegava a promovê-lo. Achava engraçadíssima e se divertia contando aos amigos, por exemplo, a história do porteiro do Hotel Presidente que um dia deu este conselho à sobrinha Elena

Quintana: "A senhora tem que anotar essas besteirinhas que o seu Mario diz, isso é tudo poesia".

O porteiro sabia. Com Quintana vivo, muitas historinhas, ou anedotas, ou causos, circulavam contados por amigos – mas quase sempre sob a capa do folclore em torno dele. E é claro que a cada dia ele se encarregava de aumentar o estoque. Isso foi até quase o dia da morte, como se verá. Com Quintana no céu, alguns velhos amigos passaram a imaginar que a reunião dos causos, ou anedotas, ou historinhas, em um livro como este, poderia diminuir a imagem do poeta, enfatizando a do *clown*. Como se não a imagem, mas o poeta, corresse algum risco.

Mario Quintana é um dos maiores poetas brasileiros de todos os tempos. Sua significação só tem aumentado e continuará a aumentar. Poderá ser lido séculos à frente, se existirem séculos, porque sua poesia é rigorosamente universal e atemporal. E sua obra está toda aí, disponível. Não aparecerão poemas inéditos, como costuma ocorrer, porque seu testamento informal proibiu: nada de edições póstumas. E para ser radical, ainda recomendou a Elena que estivesse alerta: "Se aparecer alguma coisa psicografada por mim, não fui eu quem psicografou".

ESSE NÃO É o caso das historinhas. O livro que eu imaginava lá em 1994 poderia ampliar o entendimento do poeta e do homem. Acho que a repercussão ajudou nisso. As historinhas têm sido teatralizadas, reproduzidas na imprensa, usadas em escolas no Rio Grande do Sul. A imensa maioria baseia-se em relatos orais, o que dá a elas um especial sabor de causo. Algumas pessoas me contaram a mesma história com variações. E cada vez que eu as ouvia mais me deliciava com a maravilha que é a transmissão do conhecimento, o uso de tantos caminhos particulares para se chegar ao mesmo lugar. Ou ao mesmo homem.

O piadista do cotidiano era o mesmo poeta compenetrado dos livros e o jornalista/poeta que brincava de surpreender os leitores com textos fulminantes do tipo "O fantasma é um exibicionista póstumo". Ou quase eróticos: "Um dia, por dever de ofício, fui a um desses concursos de robustez infantil. Havia cada mãezinha...". A propósito, a propalada assexualidade de Quintana é posta à prova neste livro, embora eu deva reconhecer que não se chega a nenhuma conclusão. Mas é o que menos importa, pois ele também ensina que ninguém deve ficar se metendo na vida dos outros. Fora ser profético em frases do "Caderno H" como "O que há de mais admirável nas democracias é a facilidade com que qualquer pessoa pode passar da crônica policial para a crônica social". Ou vice-versa, como talvez escrevesse hoje.

O leitor verá que as narrativas oscilam entre passados e presentes. Até cogitei padronizar isso, obedecer aos verbos. Depois achei que não, pois quem conta um causo, uma historinha, uma anedota, conta do seu jeito. Com o seu próprio *feeling*, seu próprio suspense. Daí que apenas adaptei, com uma caprichada nos cenários, uma ficçãozinha aqui e outra ali, situando a época ou não. E despreocupei-me com a ordem cronológica. Então, este livro vem para as pessoas se divertirem, conhecendo um lado de Mario Quintana que ficou mais ou menos reservado. Mas que é, definitivamente, muito revelador.

O INCENTIVO de Sônia Azambuja Fonseca foi (e continua sendo) fundamental. Agradeço especialmente a Elena Quintana, Ernani Ssó, Luis Fernando Verissimo e Santiago. E à presença de Alba Faedrich, Angela Moreira Flach, Armindo Trevisan, Carlos Urbim, Claudia Laitano, Claudinho Pereira, Claudio Levitan, Dinah Gastal, Dudu Guimaraens, Dulce Helfer, Edgar Vasques, Eldes Schenini Mesquita, Geraldo Flach, Guaraci Fraga, Ivan Pinheiro Machado, Ivo Stigger, Jayme Copstein, José Otávio Bertaso, Jussara Porto, Liberato Vieira da Cunha, Mara Leite Garcia, Luís Augusto Fischer, Moisés Mendes, Nilson Souza, Nydia Guimarães, Olga Reverbel, Sergio Faraco, Sérgio Lüdtke, Tânia Carvalhal e Waldeny Elias.

Nos agradecimentos da primeira edição estavam amigos queridos que depois foram ao encontro de Quintana sabe-se lá em que dimensão: Maria Abreu, Mery Weiss, Carlos Reverbel, Jesus Iglésias, P.F. Gastal e Sampaulo.

2006

PAREDES

O PINTOR Waldeny Elias atende à campainha de seu ateliê na Rua General Vitorino e lá está Mario Quintana. Viera agradecer pelo presente, uma pintura de bolso, de 6cm x 4cm. Levava-a, contou com um sorriso português, "na algibeira do fato domingueiro". Retribuiu presenteando o velho amigo, a quem chamava de Pinta-Mundos, com o recém-lançado livro *Do Caderno H*.

Na dedicatória, justificou por que não havia aceito um quadro grande que o pintor lhe oferecera.

– Elias, me desculpe e acredite. Eu não tenho paredes. Só tenho horizontes...

IN-DECISÕES

EM 1984 a Editora Globo convidou-o para ir ao Rio de Janeiro revisar as provas da reedição do livro infantil *O Batalhão das Letras*, que seria lançada 43 anos depois da edição original. A sobrinha e secretária Elena Quintana foi junto. Hospedaram-se no Hotel Glória e a editora combinou que, no dia seguinte, alguém passaria lá para pegar as provas corrigidas.

Desde a manhã Mario trancou-se na dúvida entre um "e" e uma vírgula em determinado poema. Botava o "e" e tirava a vírgula, tirava a vírgula e botava o "e", pedia a opinião de Elena, desistia do "e" e voltava à vírgula. Ainda estava nessa quando por volta das seis da tarde o telefone tocou informando que chegara o mensageiro da editora.

– Tio, o homem está aí. Te decide.
– Pois é... O que achas?
– Eu acho que é "e".
– Então tá: põe vírgula.

O MAPA DO CÉU

FERNANDO SAMPAIO, autor de livros sobre discos voadores e sobre o continente perdido de Atlântida, era o responsável pela edição do mapa astronômico, com as posições das estrelas e das constelações, publicado semanalmente no *Correio do Povo*. Mario acompanhava o trabalho do amigo, até que um dia não resistiu e deixou escapar, para outro:

– Não é que eu não ache válido, mas há anos ando pela noite toda e nunca vi ninguém conferindo esse mapa...

O MELHOR POETA

EM CERTA época, Mario Quintana e Athos Damasceno Ferreira moravam na Rua do Rosário – a atual Vigário José Inácio. E um provocava o outro, se dizendo "o melhor poeta da rua". Até o dia em que Quintana chegou para Athos e concedeu:

– Olha, cheguei à conclusão de que tu és o melhor poeta da Rua do Rosário.

Athos ficou sério, e em seguida elogiou a honestidade e a humildade do poeta rival.

– Não é nada disso – debochou Quintana – é que acabo de me mudar para a Riachuelo...

CANSAÇO

CLÁUDIO LEVITAN, que se reparte (ou concentra) nas aptidões de músico, arquiteto e desenhista, foi convidado em 1986 para quadrinizar o livro *Pé de Pilão* para a editora L&PM. Uma responsabilidade, pois a edição original do clássico infantil de Mario Quintana tem desenhos de Edgar Koetz, grande ilustrador, que foi o principal capista da Editora Globo nos anos 50. Originais debaixo do braço, Levitan dirigiu-se ao hotel Porto Alegre Residence para mostrá-los ao poeta.

Na verdade iria mostrar não só os quadrinhos como também as músicas que ele, Nico Nicolaievsky e Vitor Ramil tinham feito para os versos de *Pé de Pilão* (vinte anos depois o musical permanece inédito). Noite acidentada. Faltou luz e Levitan resolveu comprar umas velas para enfrentar, no escuro, os oito andares até o apartamento de Quintana. Na subida, ia pensando na cegueira de Jorge Luis Borges.

No oitavo andar, seguiu pelo corredor e ouviu uma conversa saindo de uma porta. Depois de escutar um pouco, identificou as vozes de Quintana e Elena. Ela dizia coisas como "mas tio, tens que tomar este remédio, porque etc. e tal, e a saúde, e o que vão dizer de ti...".

Alguns segundos de silêncio e Levitan ouviu, antes de bater na porta:

– A eternidade me dá um cansaço!...

A PLACA!

LOGO DEPOIS do almoço, Mario atravessa a Rua Caldas Júnior para ir à redação do *Correio do Povo* buscar a correspondência e tomar o habitual cafezinho. Distraído, não vê o Chevette que dá marcha a ré para sair do estacionamento, nem é notado pelo motorista.

Socorrido por dois homens, imediatamente é colocado no carro, que segue rápido para o Hospital de Pronto Socorro. Depois de acender um cigarro, segurando a perna que doía e sem perceber que o automóvel que o levava era o mesmo que o atropelara, Mario pergunta ao preocupado condutor:

– Anotaram o número da placa?

E justifica:

– É para jogar na loto.

A placa era IQ 1002, de Caxias do Sul. Mario imaginava combinar esse número com os da data daquele dia, 6 de maio de 1985. Duas horas depois, entrando na ambulância que o levaria para o Hospital da PUC, acende outro cigarro e determina a Elena:

– Não te esquece de jogar!

RIMAS

NO ATROPELAMENTO, Quintana quebrara o fêmur esquerdo e deveria submeter-se a uma cirurgia para colocação de prótese. Os médicos preocupavam-se com a idade dele, 79 anos, e anteciparam que a recuperação poderia ser lenta. Ele permaneceria alguns dias no hospital.

Paciência, ora bolas.

– Lá vou ter bastante tempo para trabalhar. Só que agora meus poemas vão sair de pé-quebrado...

E ao saber que a prótese seria de platina:
– Ah! Agora sim, vou ser um poeta de valor...

INTERVALO

PARA COMEMORAR os 60 anos do poeta, em 1966 a Editora do Autor, do Rio de Janeiro, lançou a *Antologia Poética de Mario Quintana*, na coleção em que já publicara Carlos Drummond de Andrade, Manuel Bandeira, Cecília Meireles, Vinicius de Moraes.

Dias antes da tarde de autógrafos do lançamento, Quintana foi homenageado em sessão especial da Academia Brasileira de Letras, sendo saudado por seu conterrâneo Augusto Meyer e por Manuel Bandeira. Para a ocasião Bandeira fez o poema que se tornaria célebre, "A Mario Quintana", aquele dos Quintanares, e escreveu a carta convidando o gaúcho a ir ao Rio para a homenagem.

Quintana respondeu que não era um convite e sim uma ordem. E acrescentou: "Mas você não imagina como sou chato no intervalo dos poemas".

É dessa época a famosa fotografia em que aparecem juntos, pela primeira e única vez, Quintana, Drummond, Bandeira, Vinicius e o organizador da antologia, Paulo Mendes Campos.

A FRANÇA INTERIOR

O BAR do edifício Ouvidor, que permanece impávido na Rua da Praia, era frequentado por meia redação do velho *Correio do Povo* e por um bom pedaço da redação da extinta *Folha da Tarde*. Foi lá, em um início de noite de mil novecentos e setenta e poucos, que Mario Quintana confidenciou a seu colega de redação Liberato Vieira da Cunha, mais tarde cronista de *Zero Hora* e autor de livros de crônica e romances, que, finalmente, ele tinha condições de viajar à Europa. A França em especial. Mas:

– Sabes? É um projeto que já não me atrai. A França inteira está aqui – disse, apontando para a cabeça. – E se vou lá e não a encontro como está aqui?

TATUAGENS

EM 1956 chegou a Porto Alegre o filme *A Rosa Tatuada*, com Ana Magnani e Burt Lancaster. Quintana foi assistir na sessão da tarde, depois passou em um bar. Voltou à redação já meio alto e relativamente indignado com o título. Ou relativamente alto e meio indignado, como se preferir. O título estava incorreto, e ele queria saber a quem se dirigir para mudá-lo.

– Não pode ser *A Rosa Tatuada*. Como é que vão tatuar uma rosa? A rosa seria destruída! Tem que ficar claro que é uma tatuagem de rosa em alguém, ora bolas!

O PRISIONEIRO

ERA LIDO onde menos se imaginava. Um hóspede do presídio de Porto Alegre escreveu querendo saber se o poeta não conseguiria para ele um radinho de pilha. Mario foi consultar Eldes Schenini Mesquita, colega da redação e delegado de polícia, a quem costumava recorrer para driblar burocracias relativas à área, como fazer carteira de identidade e pedir certidão de bons antecedentes. Devia ou não devia dar o rádio?

Eldes ponderou que era um problema dele. Não havia nada que o impedisse de dar o rádio. Pelo contrário, estaria fazendo um presidiário feliz.

Mario espalhou o olhar naquele costumeiro infinito e logo retornou-o a Eldes, com uma ponta de dúvida:

– Pois é. Isso aí eu já lembrei. Tenho medo é da gratidão...

IMPOSTO DE RENDA

ANDAVA às voltas com a declaração do imposto de renda. Tinha o salário do *Correio do Povo* e até aí tudo bem. Para complicar, havia direitos autorais vindos de várias fontes. Mais burocracia do que dinheiro, como se sabe. Enfim, andava às voltas com os labirintos da declaração.

Mas sempre há uma alma caridosa. O colega Sílvio Braga, que se dividia entre a redação do *Correio* e uma repartição federal, ofereceu-se:

– Reúne a papelada e me passa, que eu faço tua declaração no computador.

Prometido e feito. Mario agradeceu pelos préstimos com um verso:

Sei que meu cálculo é infiel
Na mais inglória das lutas
Lido com pena e papel
E tu, ó Braga, computas.

LUIS FERNANDO

NO INÍCIO de 1983 ele gravava, no estúdio da ISAEC, em Porto Alegre, o álbum duplo *Antologia Poética de Mario Quintana*, na série que já tivera Vinicius de Moraes e Carlos Drummond de Andrade, lançada em álbuns luxuosos pela gravadora Philips.

– Quem vai tocar saxofone na faixa *Cocktail Party* é o Luis Fernando Verissimo – informa Geraldo Flach, autor da música incidental do álbum.

– Ah, que beleza, sensacional – diz Quintana. – Ele não gosta de falar, quase não fala.

Apelidado carinhosamente por Mario de "Grosseira Imitação", o publicitário Jesus Iglesias, assistente de produção do disco, comenta:

– Em nosso penúltimo encontro o Luis Fernando bateu o recorde absoluto: disse "ai" na entrada, "tchau" na saída, e só.

Mario continua:

– Ah, mas eu ganhei dele, sabe? Um dia fomos de carro até a Riocell, aquela fábrica que tem mau cheiro. Eu sabia que ele não gostava de falar e então eu também não falei nada. Quando chegamos lá ele se queixou de meu silêncio. Foi uma grande vitória para mim.

ALTOS E BAIXOS

FALAVA-SE de poetas em um intervalo da gravação da *Antologia Poética*.

– E Castro Alves?

– Ah, o guri era genialzinho. Tinha coisas incríveis, como o *Navio Negreiro*. Dizia: "Existe um povo que a bandeira empresta para encobrir tanta infâmia e covardia". Ora, ter a coragem de dizer isso... Mas ele também tem um verso que eu acho muito engraçado: "Sinto na fronte o borbulhar do gênio". Rá, rá, rá. Borbulhar, imagine! Era muito irregular, está certo. Mas os altos dele eram altíssimos. O Victor Hugo também foi assim. Encheu o século XIX, mas quando dava baixas, eram baixas que era uma barbaridade...

ASTRONAUTAS

DOMINGO, 20 de julho de 1969. Como todos os lugares do mundo em que existia um aparelho de televisão, a redação do *Correio do Povo* está parada, assistindo à chegada do homem na Lua. Enquanto Neil Armstrong saltita, deixando marcas na superfície lunar e cravando lá a bandeira norte-americana, Mario Quintana rabisca a sua marca para a data, antecipando outros futuros. Escreve e mostra, para delícia do pessoal:

Todo astronauta que se preze
Há de trazer pelo menos
Um dos anéis de Saturno
E uma camisa de Vênus.

BARBUDINHOS

O POETA Nei Duclós, nascido em Uruguaiana, cidade-irmã do Alegrete de Mario, homenageou-o com um poema publicado em seu livro de estreia, *Outubro*, de 1975.

> *Olhem o antípoda*
> *olhem o animal da palavra*
> *É um dinossauro na cidade de vidro*
> *borboleta branca na floresta queimada*
>
> *Respeitem seu andar*
> *e desconfiem com temor*
> *da sua conversa fiada*
>
> *Ele é o flagelo do Senhor*
> *e vocês não sabem.*

Perguntado sobre se lera os versos, Quintana confirmou, acrescentando que considerava um dos bons poemas escritos a seu respeito. Disse mais, que tinha vontade de dar um abraço em Nei. Mas havia uma dificuldade naqueles tempos *hippies*:

– Como vou reconhecê-lo no meio de todos esses barbudinhos?

Quatro anos depois Mario lembraria essa história no prefácio que escreveu para o segundo livro de Nei, *No Meio da Rua*, lançado em 1979 pela L&PM.

AS TRÊS

NO BAR DO ARI, situado no segundo andar da Companhia Jornalística Caldas Júnior, um acima da redação do *Correio*, alguém falava sobre a mudança dos costumes.

– Antigamente, se o sujeito queria dançar, só tinha o cabaré ou o baile do clube. Agora não, agora tem a boate, onde o cara pode ir com a amante ou com a mulher, pode levar até a mãe que tudo bem...

Mario, que ouvia quieto, não perdeu a oportunidade:

– O Édipo levaria todas no mesmo dia. A mulher, a amante e a mãe...

AÇÚCAR

ELE e o desenhista Nelson Boeira Faedrich eram amigos de muito tempo. Trabalharam juntos na *Revista do Globo* (da qual Nelson foi um dos grandes capistas) e depois no *Correio do Povo*. Mesmo assim, o poeta parecia sempre encontrar maneiras de renovar a afetividade. Nesse dia de 1970 ele chega no bar da Caldas Júnior, senta no banco alto e vê no outro lado do balcão em forma de "U" o velho e doce amigo, já de cabeça toda branca, comendo quindim e tomando cafezinho.

Aí brinca:

– Nelson, tu comendo quindim é pleonasmo...

VELHINHOS

DE ERICO Verissimo também era amigo desde os tempos mitológicos da Editora Globo, nos anos 40. Dessa época, há muitas histórias lembradas por José Otávio Bertaso em seu precioso livro *A Globo da Rua da Praia*, lançado em 1993. Vale a pena ler – até para uma comparação com o Rio Grande do Sul intelectual de hoje...

Mas isso não vem ao caso. Vem ao caso que, um dia, batendo papo com o poeta Armindo Trevisan, Mario recordou uma conversa entre ele e Erico, pouco antes da morte do escritor de *O Tempo e o Vento*, em 1975. Erico teria dito:

– Mario, te lembras daqueles velhinhos que caminhavam assim devagar, com suas bengalinhas, e de repente paravam, olhavam para um lado, e depois seguiam mais um pouco, e paravam, e olhavam para o outro lado, e comentavam alguma coisa, e seguiam devagarinho? Mario, nós somos aqueles velhinhos...

Trevisan foi saber se dona Mafalda Verissimo lembrava disso e ela respondeu que não.

Trevisan suspeita que Mario é que teria sido o autor da história que atribuiu ao outro. Mas não tem importância. Ela tem o sabor dos dois.

DISTÂNCIAS

EM 1982 Mario viajou muito. Primeiro por "umas dezesseis cidadezinhas" do interior do Rio Grande do Sul, depois foi até Recife, depois Belém do Pará, com escala no Rio.

Mal chegado, foi convidado para ir a Capão da Canoa, a pouco mais de uma hora de distância de Porto Alegre. Recusou:

– Não. É muito longe!

CORES

MAIS um convite para ir ao Interior. Depois do sim do poeta, o satisfeitíssimo secretário municipal de Educação e Cultura combina detalhes da viagem e quer saber se ele tem preferência por alguma marca de automóvel.
– Marca não, a cor sim. Azul.

CESARIANA

MARIO e a turma de humoristas do livro *QI 14*, entre eles Fraga, Edgar Vasques, Santiago e Ernani Ssó, em 1975 foram a Caxias do Sul participar de uma feira do livro. O poeta era o patrono. Como sempre acontece nessas ocasiões, a viagem se transforma em uma correria. Todos querem agradar aos visitantes. Na manhã de sábado eles andaram pra lá e pra cá: redações de jornais, rádios, a tevê, o prefeito...

Depois do almoço, numa galeteria, os anfitriões quiseram mostrar a cidade. Monumento ao Imigrante, Igreja de São Pelegrino,

Parque da Festa da Uva, vinícolas etc. Caxias é cheia de subidas e descidas. Lá pelas tantas o carro parou voltado para cima em uma rua íngreme que oferecia uma visão panorâmica. Os jovens humoristas saltaram e ficaram esperando por Mario, sentado no banco de trás, junto com Ernani.

Ernani abriu a porta, saiu, e o poeta, cansado de tanta caminhada, fez a primeira tentativa. O impulso do corpo não foi suficiente, caiu de volta ao banco. Segunda tentativa, resultado idêntico. O carro estava muito inclinado, ele não conseguia vencer a força da gravidade. Ernani voltou para ajudá-lo. Mario justificou:

– Eu só consigo sair com cesariana.

MESAS DE MÁRMORE

VETADO três vezes pelos acadêmicos da Academia Brasileira de Letras, que sempre acham lugar para um José Ribamar Sarney, um general Lira Tavares ou um Roberto Marinho, Mario confessou depois que tivera uma vaidade passageira com essa candidatura, que aliás não fora uma ideia sua. Comentou poeticamente com as jornalistas Jussara Porto e Teresa Cardoso, de *Zero Hora*, que foram conversar com ele:

– Nunca fui falante, nunca fui de badalações. Eu tenho inveja de mim mesmo, do tempo em que escrevia anonimamente nos mármores dos cafés. Os garçons reclamavam: "Esse aí passa a noite inteira bebendo cachaça e sujando o mármore das mesas". Pois agora deixei de beber e as mesas não são mais de mármore...

FEIJOADA

INDEPENDENTE do fato de não acreditar em reencarnação, e de achar que o céu deve ser um lugar chato, como se verá mais adiante, Mario podia perfeitamente contradizer-se diante de um materialista convicto. No caso, Dyonélio Machado. Autor de *Os Ratos*, apontado como um dos dez melhores romances gaúchos de todos os tempos e clássico da literatura brasileira engajada, com dezenas de edições nacionais, Dyonélio deparou-se em um dia de 1977 com a proverbial iconoclastia do amigo poeta.

Estavam em animada conversa no escritório da Editora Garatuja, dirigida pela escritora Mery Weiss e pela qual Dyonélio lançara no ano anterior a segunda edição ("Correta, aumentada e com variantes") de seu romance *Deuses Econômicos*. Lá pelas tantas o assunto passa a ser a morte.

Dyonélio:

— Morreu, acabou. Não tem mais nada!

Provocativo, Quintana sai em defesa do Além:

— Não posso acreditar nisso. Se acreditasse, seria admitir que a vida é como a gente esperando para comer uma gostosa feijoada, preparada lentamente, com toucinho, charque, linguiça... E quando chegasse o meio-dia, na hora de comer, o cozinheiro atirasse a feijoada pela janela...

DOR DE DENTE

TRÊS DIAS antes de morrer, no Hospital Moinhos de Vento, ele achou inspiração para escrever uma frase e dá-la de presente às enfermeiras. Ao contrário da letra grande e quase ilegível dos últimos meses, mesmo tremida desta vez ela está miúda e nítida: "A maior dor do mundo é pente com dor de dentes".

ONTEM

DEPOIS de ter feito na Clínica Pinel o tratamento contra o alcoolismo, no início dos anos 50, Mario nunca mais bebeu. Certa vez, lembrando os velhos tempos, disse que na verdade não bebia, havia tomado apenas um porre. E que este porre durara 25 anos.

Durante o tal porre, numa manhã Nelson Boeira Faedrich se dirigia à redação da *Revista do Globo* quando viu o amigo entornando o copo num bar da Rua da Praia. Acercou-se e, cuidando para que não parecesse censura, indagou, em tom protetor:

– Mario! Já bebendo?

– Já não, ainda.

NOMES FEIOS

INÍCIO de mais uma madrugada. Mario chega à pensão em que morava, na Barros Cassal, perto da Avenida Independência, e é mal recebido pelos cachorros do vizinho. Reage aos latidos enfáticos com todos os palavrões disponíveis.

Na calçada, os pintores Waldeny Elias e Gastão Hofstaetter, que passaram a noite bebendo com ele e vieram deixá-lo em casa, assistem à cena.

Em meio à gritaria, abre-se a janela e surge a dona da pensão:

– Mas o que é isso, seu Mario! O senhor, um homem tão culto, um poeta reconhecido, dizendo essas barbaridades!

Ao que ele se defende:

– E a senhora, por acaso, sabe os nomes feios que estes cachorros estão me dizendo?

ACIDEZ

O CARTUNISTA Sampaulo tinha uma namorada no Bom Fim e costumava comprar bebidas no bar da esquina da Miguel Tostes com a Cabral. Naquele domingo, perto da hora do almoço, com surpresa encontrou lá Mario Quintana sentado em uma mesa, tomando um martelinho de cachaça e comendo uvas-brancas.

Logo entraram dois rapazes e um deles pensou ter reconhecido o poeta. Mas ficou em dúvida. Sampaulo confirmou: era ele mesmo. Então o rapaz se dirigiu à mesa, respeitoso:

— Bom dia, seu Mario. Gosto muito de sua poesia. Mas essas uvas não estão verdes?

— Não, meu filho. A minha cara é assim mesmo...

INVENÇÕES

ANTIGAMENTE, na esquina da Praça Júlio de Castilhos com a Rua 24 de Outubro existia um bar. Um de seus frequentadores eventuais era o escritor e psiquiatra Cyro Martins, morador de um dos edifícios em frente à praça e autor da série de romances realistas que passou à história da literatura gaúcha como fundadora do ciclo do "gaúcho a pé".

Naquele dia, Cyro chegou e teve a surpresa de encontrar Mario Quintana bebericando em uma mesa. Sentou-se para conversar. Lá pelas tantas, o poeta foi acender um cigarro e o isqueiro não funcionou na primeira tentativa. Nem na segunda. Muito menos na terceira. Entre desconsolado e irônico, ele examinou o objeto e comentou com o amigo:

– Depois de inventarem o fósforo, foram inventar o isqueiro...

ENDEREÇOS

ALBA FAEDRICH, mulher do amigo Nelson Boeira Faedrich, vai fazer compras no Bom Fim e encontra o poeta saindo de um bar. Ele esboça um sorriso, mas ela não fica tão certa de que a reconhecera. Mario pergunta onde estão morando e tira do bolso seu caderninho de notas. Escreve: Nelson de tal, rua tal, telefone tal. Alba confere:

– Ah, mas não puseste o meu nome...

Ele faz um trocadilho, anotando "Alba-urora". E quando ela o convida para visitá-los, responde:

– Sempre reservo-me a surpresa a quem visitarei.

Vivia botando apelido em tudo. Esse caderno de notas, por exemplo, que usou durante anos, era o "Todamassadinho". Um blusão de tricô ganho de presente era a "Baiana branca". A estufa era o "Serafim".

VALES

NA ÉPOCA em que trabalhava na Editora Globo ele andava sempre duro. Como o salário terminava antes do fim do mês, vivia pedindo vales de adiantamento. Até que um dia o caixa chiou:

– Mas seu Mario, o senhor já tem um monte de vales!

Quis saber, com aquele sorriso maroto:
– Afinal, são vales ou são montes?

REVERBÉIS

CARLOS REVERBEL era o editor do suplemento literário do *Correio do Povo* quando Mario Quintana passou a trabalhar na Cia. Jornalística Caldas Jr., no início dos anos 50. Foi nesse suplemento que ele continuou a publicar o *Caderno H*, iniciado em 1945 na revista *Província de São Pedro*, da Editora Globo, onde ambos se conheceram. Na época, Reverbel mantinha uma prudente distância do colega por causa dos temperamentos diferentes e das atitudes inconvenientes de Quintana, quando bêbado.

Mas parece que o poeta queria aproximar-se, como insinuou no dia em que se encontrou com Reverbel, Erico Verissimo e outros dois amigos no elevador da Globo. Entrou, olhou para Reverbel e cumprimentou a todos. Deixando de lado sua condição de *gentleman*, Reverbel não respondeu ao cumprimento. Mas ficou sabendo que o poeta sentira o escanteio.

Assim que Reverbel saiu do elevador, Quintana consultou os demais:

– Serão reversíveis os reverbéis?

MIRANDA

QUANDO Luiz de Miranda chegou a Porto Alegre nos anos 60, vindo de Uruguaiana, não conhecia ninguém. Uma de suas únicas referências era Mario Quintana e se encorajou a procurá-lo por alguns motivos: era também poeta, da mesma região, e queria trabalhar em jornalismo. Quintana poderia dar uma força, talvez avalizando seu pedido de emprego no *Correio*.

Estava certo. Solícito, o poeta falou com o chefe de redação a respeito. Mas foi como se não tivesse falado, e Miranda teve que bater em outra freguesia. Conseguiu emprego, perdeu emprego, conseguia emprego, perdia emprego, com Mario sempre informado sobre sua via-crúcis.

E anos a fio, sempre que se encontravam, repetia a pergunta:

– Como é, já estás empregado?

EMPRÉSTIMO

EM ALGUMAS das tantas situações em que Luiz de Miranda passou pelo desconforto do desemprego, Mario Quintana o socorreu. Miranda conta que quando fazia menção de pagar, o outro recusava por razões mais do que convincentes:

– Mas eu não te emprestei dinheiro nenhum! Eu não costumo emprestar dinheiro.

Num desses dias de dureza, Miranda apareceu para conversar. Saíram da redação, andaram pela praça olhando os cartazes dos cinemas, bisbilhotaram sebos de livros, até que na entrada da noite Mario convidou o faminto amigo para jantar, animando-o com um "poderás pedir o que quiseres".

E levou Miranda para o bar da Caldas Júnior, onde era servido um prato feito, o popular PF. No balcão.

ESQUECIMENTO

NO INÍCIO de 1947 a Editora Globo encomendou a tradução de alguns livros do *Em Busca do Tempo Perdido*, de Marcel Proust, e ele decidiu se recolher à calma de Alegrete para começar o primeiro volume, *No Caminho de Swann*. Estava mergulhado no francês quando seu amigo Hélio Ricciardi, diretor da *Gazeta de Alegrete*, chega para visitá-lo e estranha vê-lo vestindo blusão de lã, casaco, boina.

– Mario, o que estás fazendo com essas roupas de inverno num dia de verão?

Quintana se olhou:

– É mesmo! Eu nem tinha percebido. Obrigado por me avisar, Hélio...

DE GRAÇA

O PRIMEIRO livro que Quintana traduziu para a Editora Globo foi *Palavras e Sangue*, de Giovanni Papini, no início dos anos 30. Depois seguiram-se traduções de Conrad, Maupassant, Virginia Woolf e tal, até a Globo, confiante, passar-lhe Balzac e Proust. Traduzia ao correr da pena, como lembrou em 1994 Carlos Reverbel, que dividia uma sala com ele. Era direto, praticamente sem ajuda de dicionário. Um dia, comentou com Erico Verissimo (ou teria sido Henrique Bertaso?):

– Estou gostando tanto de traduzir Proust que, se tivesse dinheiro, eu é que pagava para vocês...

CONTRATEMPO

A TRADUÇÃO de *Em Busca do Tempo Perdido* teve alguns sobressaltos. Numa manhã de 1949 Mario chegou cabisbaixo ao escritório da Globo, lá encontrando o editor Henrique Bertaso e seu braço direito Erico Verissimo. Comunicou:

– Seu Henrique, a fugitiva fugiu pela janela.

Os dois não entenderam nada, até Mario explicar que um vendaval levara as folhas datilografadas até aquele dia de sua tradução do sexto volume do romance de Proust, *A Fugitiva*.

Saíra para beber na noite, esquecera de fechar a janela da pensão e mais de duzentas laudas espalharam-se pelos quintais da vizinhança, como lembra José Otávio, filho de Henrique, no livro *A Globo da Rua da Praia*.

PLÁSTICA

NÃO ENTENDIA como é que as velhas gordas tinham coragem de botar maiô e ir para a beira do mar. Uma vez o convidaram para ir à praia e recusou com uma explicação:

– Obrigado. Eu não me orgulho das minhas formas.

AR FRESCO

EM 1983 ele foi uma das estrelas da Festa do Disco, realizada no Hotel Laje de Pedra, em Canela, que teve como uma das atrações o lançamento do LP com sua *Antologia Poética*. Caminhando pelos enormes corredores do hotel, acabou entrando em um salão onde o pessoal do MPB-4 jogava sinuca. Rui, um dos integrantes do grupo, adiantou-se para cumprimentá-lo e propôs ceder seu lugar. Mario recusou polidamente. Mas ficou por ali, conversando com o DJ e produtor musical Claudinho Pereira.

Como o ambiente estava abafado e enfumaçado, Claudinho resolveu abrir as janelas e a sala foi inundada pelo reconfortante ar fresco da serra.

Quintana não deixou passar a chance de louvar a região e, ao mesmo tempo, criticar a excessiva calefação do hotel:

– É... aqui o ar-condicionado é lá fora...

SOPÃO

EM uma manhã da mesma Festa do Disco, um grupo de artistas curava a ressaca refestelando-se nos 32 graus da piscina térmica do Laje de Pedra, coberta por uma redoma de plástico transparente. Acompanhado pela cantora Diana Pequeno, com quem acabara de tomar café, o curioso Mario Quintana abre a porta da piscina e manifesta seu espanto, erguendo as sobrancelhas em meio ao vapor.

De dentro da água, alguém convida:

– Aí poeta, bota um calção e entra!

E ele, já de saída:

– Eu não! Isso aí parece sopa de gente...

FUTEBOL

PERGUNTARAM para que time ele torcia, se Grêmio ou Internacional. Escapou-se:
– Eu torço pelo Grenal.
Insistiram, com a irrefreável dualidade gaúcha:
– Você tem que ser Grêmio ou Inter!
Concedeu:
– Eu só torço quando estão jogando no estrangeiro, Santa Catarina, Rio. Não gosto é quando empatam...

PIADAS

OS HUMORISTAS que faziam o suplemento de humor "Quadrão", em 1974 e 1975, época em que Ruy Carlos Ostermann era o diretor da *Folha da Manhã*, não perdiam oportunidade de puxar conversa com Quintana para divertir-se. E ele se divertia também. "Adorava ouvir uma piada nova", lembra Santiago, pai do personagem Macanudo Taurino.

Um dia, Santiago encontrou o poeta sentado no balcão do Bar do Ari, comendo seu pastel com quindim, cafezinho e copo d'água. Sentou ao lado e começou:

– Conheces aquela do português que...

Mario o interrompeu:

– Senta deste outro lado, porque eu sou canhoto desse ouvido aí...

ESQUINA PERIGOSA

DEPOIS do almoço, Mario Quintana e o jornalista J. Prado Magalhães, da *Folha da Tarde*, fazem a digestão caminhando pela Rua da Praia. Ao chegarem à Rua da Ladeira, que até hoje ninguém entende por que continua com o nome de General Câmara, Mario tem sua atenção despertada por uma nova placa de trânsito colocada ali: "Esquina perigosa". Num tom irônico, quase distante, observa:

– Como se a esquina pudesse ser perigosa. Perigosos são os motoristas, ora bolas...

PRIMO BORGES

UM AMIGO de Mario viajou para Buenos Aires e foi visitar Jorge Luis Borges na Biblioteca Nacional. Conversa vai, conversa vem, falaram no poeta brasileiro e Borges disse que já havia lido alguma coisa dele. O amigo mencionou o nome completo, Mario de Miranda Quintana. Borges interessou-se: "Então é meu parente, eu tenho Miranda na família".

Quintana, claro, ficou sabendo da história. Quando Borges morreu, ele comentou com Sergio Faraco: "Morreu feliz, morreu pensando que era meu primo".

INFLAÇÃO

ÉPOCA do governo José Ribamar Sarney, inflação de 80% ao mês – para começar. Come seu pastel com cafezinho no balcão de uma lancheria da Rua da Praia, sentado em um desses bancos altos e desconfortáveis. Como todo mundo faz, tem as pernas trançadas nas pernas do banco.

Na hora de pagar, ao tirar o dinheiro do bolso do paletó, uma nota cai no chão. Lá de cima o poeta a olha desconsolado e isso é o bastante para que um rapaz, sentado na mesa próxima, se abaixe, pegando a nota e alcançando-a a Quintana, que agradece:

– Muito obrigado! No tempo que eu levaria para desenroscar as pernas e descer deste banco, o dinheiro já teria perdido metade do valor...

VOCAÇÃO

QUANDO esteve pela primeira vez no Rio de Janeiro e em São Paulo, os repórteres perguntavam por que não tinha saído do Rio Grande do Sul. Respondia: "Não saio de lá pelo mesmo motivo que vocês não saem daqui". Antes, bem antes disso, quiseram saber em Porto Alegre por que saíra de Alegrete.

– Lá quem não é estancieiro é boi. Como não tenho vocação para nenhuma das duas coisas, vim para Porto Alegre.

Ah!

DECLAMADORA

ENTRE os, digamos, perseguidores de Mario Quintana, havia uma senhora que não dava trégua. Era muito nhém-nhém-nhém, muito tia velha. E ele fugia, espavorido. Pediu aos porteiros da Caldas Júnior para alertá-lo sempre que ela chegasse.

Sabendo disso, Ivo Stigger, seu jovem colega de redação, mete o bedelho, debochado:

— Estás sendo injusto. Essa senhora te considera o maior dos poetas. Gosta tanto de ti que de vez em quando faz um recital com teus poemas.

E ele:

— Esse é o problema. Um dia ela conseguiu me arrastar para um recital no Theatro São Pedro e fiquei constrangido. Declamava os meus poemas de forma tão melosa, que as pessoas devem ter achado que eu sou fresco...

SORTE

ERA UM JOGADOR inveterado. Jogo do bicho, loto, sena, loteria – certamente seria "cliente" dos futuros bingos. Tinha até assinatura de bilhetes em uma tabacaria e agência lotérica da Rua Marechal Floriano. Acabou fazendo amizade com a balconista da tabacaria, Mara.

Algum tempo depois do atropelamento, precisou de alguém para cuidar dele o dia todo. Lembrou de Mara. Elena Quintana foi sondá-la, pois afinal seria um trabalho completamente diferente. Mas Mara topou na hora, e permaneceu ao lado do poeta durante mais de dez anos.

Ele costumava apresentá-la aos outros com a seguinte informação:

– Essa foi a única coisa que eu ganhei na loteria...

NO ESCURO

NOS ÚLTIMOS tempos gostava de ficar deitado no escuro, quieto, e queria que sempre alguém ficasse com ele. Um dia Elena protestou:

– Mas tio, o que que eu vou ficar fazendo aqui, nesta escuridão?

– Senta aí e simplesmente me adora...

ELE/ELA

EM 1980 viajou a São Paulo para ser entrevistado no programa "Canal Livre", da TV Bandeirantes. Perguntas impertinentes, provocativas, pessoais, engraçadinhas. Aquela baboseira do bom velhinho, que ele detestava, tentando explorar suas tiradas surpreendentes. Entre as entrevistadoras, uma pessoa que Mario contou só ter identificado como rapaz pela voz. Ao final da chateação, pediram que se despedisse.

E ele, para vingar-se, ora bolas:

– Olha, a mais bonita de vocês aqui é ele!

PALAVRÃO

EM OUTRA visita a São Paulo é levado a conhecer uma livraria muito especial, repleta de obras raras e dirigida por uma senhora culta e elegante. Vaidosa e envaidecida, ela recebe o poeta gaúcho entre elogios e rapapés. Faz sua propaganda:

– Meu caro poeta, temos aqui incunábulos legítimos, a sua disposição.

Quintana:

– Meu Deus, uma senhora tão distinta fazendo essa proposta tão estranha...

(Para quem não sabe, "incunábulos" são as obras impressas nos primeiros tempos, logo após a invenção da imprensa.)

FLEUR

QUEM LEMBRA de *A Saga dos Forsyte*, de John Galsworthy? Mario e Liberato Vieira da Cunha resolveram repartir a leitura da série. Saía mais em conta: Mario comprava um volume, Liberato, o outro. Geralmente compravam na Livraria do Globo que, lembra Liberato, quando Porto Alegre tinha um centro digno do nome, lá por 1970, permanecia aberta até pelo menos as nove da noite.

Nessa leitura em sociedade havia o ganho extra de eles comentarem as passagens, tentando antecipar o que poderia acontecer no restante da imensa trama. Lá pelas tantas apareceu uma personagem de nome Fleur. Quintana alertou Liberato:

– Com esse nome, ela ainda vai aprontar...

Quem conhece *A Saga dos Forsyte* sabe que não deu outra.

PLAYBOY

O POETA e sua secretária, Mara, caminham pela Avenida Salgado Filho. Ele para em uma banca de revistas e compra a *Playboy*, com uma moça de seios de fora na capa. Sobre a moça, fala-se em Sônia Braga ou Luiza Brunet. Certamente não era Bruna Lombardi. Mario pede a Mara que leve a revista. Ela não gosta, mostra cara de desagrado.

– O que vão dizer as pessoas?
– Ora, vão dizer que és uma moça muito sabida.

MEIAS DE LÃ

DONA MAFALDA Verissimo, viúva de Erico, mãe de Luis Fernando, era uma grande tricotadora. Mario frequentava a casa deles, como um dia disse Erico, "sempre que queria". Uma especialidade de Dona Mafalda: meias de lã. Fazia muitas e volta e meia dava de presente a Mario. Estava certa: homem solteiro, morando em hotel, sempre é vítima de uma das piores coisas do inverno gaúcho, que são os pés gelados. Quem consegue pegar no sono com os pés gelados? Maternal, ela enchia Mario de meias, de todas as cores. Até o dia em que ficou sabendo de um comentário dele, feito para mais de uma pessoa:

– Essa Mafalda tem cada uma... Deve estar pensando que eu sou uma centopeia...

CRAVOS & FERRADURAS

UMA DAS facetas pouco públicas de Quintana era a de emérito galanteador. Fazia respeitosos galanteios a mulheres de amigos, com especial predileção, nestes casos, pelo trocadilho. A jornalista Alba Faedrich (aquela a quem costumava chamar de Albaurora), colega de redação, certa vez pediu-lhe que traduzisse alguns versos em francês e antecipou o agradecimento pela ajuda deixando um cravo vermelho sobre o teclado da máquina de escrever de Quintana.

Cheio de culpa por não ter feito a tradução, no dia seguinte ele deixou um bilhete sobre a máquina dela, em versos:

O cravo que tu me deste
num momento de loucura
é para usar na lapela
ou usar na ferradura?

De repente começou a chamar Cleusa, mulher do amigo poeta Armindo Trevisan, de "Cleúza". Era Cleúza pra cá, Cleúza pra lá.

– Tu sabes que eu não sou Cleúza – ela acabou por reagir um dia.

Ao que Mario olhou divertido para Armindo:

– Se é Cleúza é tua musa, se é Cleuza é tua deusa...

O PROBLEMA

DEPOIS de construir a fama de recluso e avesso a exposições, por volta dos 70 ele se deixou descobrir explicitamente. Virou atração turística, como avalia o jornalista Ivo Stigger. "Sou a falta de assunto predileta das professoras de Português da Grande Porto Alegre", divertia-se. Quando não podia fugir, desaparecendo nos corredores do prédio da Caldas Júnior ou enfiando-se num cinema, aceitava o sacrifício estoicamente.

Naquela tarde, um bando de normalistas do Instituto de Educação (ainda usavam o uniforme tradicional, saia plissada azul-marinho, blusa listrada em vermelho e branco, gravatinha) invadiu a redação e foi direto à mesa do poeta, tema involuntário de um trabalho em grupo.

Apegando-se ao fato de que ele sempre vivera sozinho, uma magrelinha loira faz a primeira pergunta:

– O senhor poderia falar sobre o problema da solidão?

Ele, dirigindo-se ao grupo:

– O maior problema da solidão, minhas filhas, é preservá-la.

COMO É MESMO?

EM 1992 Caetano Veloso veio a Porto Alegre com o show *Circuladô* e a fotógrafa Dulce Helfer resolveu convidá-lo para visitar o poeta. Caetano vibrou com a ideia e depois do show, à uma da manhã, chegaram ao quarto de Mario no Hotel Porto Alegre Residence. Caetano entrou daquele jeito baiano, falando baixinho, todo respeitoso. Uma das "anjas da guarda" de Quintana, Dulce avisou:

– Olha, fala mais alto porque ele se recusa a usar aparelho de surdez e não admite que é surdo.

Ele ficou uma fera:
— Não dá bola pra ela! Não é verdade, eu ouço bem, ela pensa que é minha mãe!

Caetano começou a contar que conhecia Mario desde sua juventude em Santo Amaro da Purificação, lendo as traduções de *Em Busca do Tempo Perdido* feitas por ele, e tal. E a toda hora Mario botava a mão no ouvido e se virava para Dulce, pedindo ajuda:
— Hein? O que é que ele está dizendo?

FOTO DE DULCE HELFER

INTIMIDADES

RECITAL de poemas de Mario Quintana no belo Salão Mourisco da Biblioteca Pública do Estado, durante as comemorações pela passagem dos seus setenta 70 anos. Ele escolheu os poemas que seriam apresentados. O poeta Armindo Trevisan, velho amigo, e a professora Tânia Carvalhal, do Instituto de Letras da Universidade Federal do Rio Grande do Sul, foram convidados para comentar a leitura e a obra.

Finda a cerimônia, paparicações daqui e dali, uma senhora faz efusivas festas para Quintana. Ninguém a conhece. O poeta César Pereira (ainda injustamente pouco conhecido) quer saber quem é.

– Uma íntima desconhecida – esclarece Mario.

ICONOCLASTIA

ESTRELADO por Jeanne Moreau, o filme *Les Amants*, de Louis Malle, é o assunto de todas as rodas. E, Jeanne, a musa densa, sensual, enigmática e madura da *nouvelle vague*. Mas não faz a cabeça do homem de Alegrete.

– Para mim, ela parece estar sempre com dor de barriga. A vontade que eu tinha era de dizer, se ela me aparecesse: siga pelo corredor e dobre à esquerda, na primeira porta...

NEGRAS

SIMPLÍCIO Jacques Dornelles, um velho amigo, costumava alertá-lo:

– Olha, Mario, não mexe com as negras porque elas estão sempre com a boca cheia de mães...

Naquele dia em que ia saindo da Livraria do Globo com sua secretária, Mario esqueceu o conselho. Diante de uma moça negra que passava, vestindo uma blusa xadrez cheia de babadinhos e franjas, deixou escapar:

– Olha, ela resolveu vestir uma toalha de mesa.

A moça ouviu e:

– Aí ela botou a mão na cintura e começou com a ignorância, terminando com a mãe no meio. Resolvi sair de fininho.

REENCARNAÇÃO

COM A GUARDA aberta depois dos 70, passou a ouvir as perguntas mais estapafúrdias. Na maior parte das vezes recusava-se a respondê-las. Mas, se vinham de senhoritas, quase sempre considerava. Foi o caso de uma jovem jornalista, provavelmente adepta de Alan Kardec, que quis saber:

– O senhor acredita em reencarnação?
– Não sei, porque não acho graça nenhuma. A gente nunca sabe que reencarnou. É o mesmo que não saber que se está morto.

CHATOS METAFÍSICOS

A CONVERSA continua e a moça, apoiada nos tantos poemas de Quintana sobre a morte, insiste em interrogá-lo sobre essas questões de céu, infinito, eternidade.

Ele aproveita:

– Acho que o céu deve ser muito chato, porque lá tem chatos de todos os séculos. Talvez seja melhor aqui, pois aqui a gente só aguenta os chatos da geração da gente.

PEITOS

A SEGUNDA versão do filme *King Kong*, com Jessica Lange, formava filas e filas no Cine Cacique, em 1976. Quintana relutava em ver, pois gostara muito da versão original com Fay Wray, um clássico dos anos 30, e temia decepcionar-se. O crítico Ivo Stigger, a quem chamava de "Alemãozinho do Cinema", tanto insistiu que ele foi ver.

Voltou com os olhos brilhando:

– Fiquei tão erotizado!

– Já sei, poeta, te apaixonaste pela Jessica Lange.

– Que loirinha, que nada! Sensual é o gorilão. Ou não notaste que ele tem os peitos da Rachel Welch?!...

PERGUNTADEIRAS

ELE TINHA que o maior chato é o "chato perguntativo". E apesar de toda a admiração que nutria pelas mulheres, às vezes nem elas escapavam dessa classificação. Carlos Nejar lembra do dia em que ambos foram a Bento Gonçalves para autografar seus livros e conversar com estudantes. No pergunta daqui, pergunta dali, uma universitária, bonita e espevitada, não resistiu e quis saber:

– Mario, por que não te casaste?

Deu uma de suas respostas feitas:

– Porque as mulheres são muito perguntadeiras.

BUROCRACIA

VIVIAM perguntando por que não havia se casado. Tanto, que tinha várias respostas prontas, como aquela de que nunca casou porque não gostava de pijamas.

Mas certa vez deu uma resposta original para uma simpática jornalista que havia conquistado sua confiança. Uma resposta e uma informação:

– Uma coisa que colaborou para que eu não casasse foi o secretário de Educação de 1940, 41. Eu tinha uma namorada que era funcionária pública e o secretário mudou-a de turno. Daí que me desencontrei dela, ora bolas...

BORBOLETAS E IDEIAS

SÍLVIA e Dudu Guimaraens, netos do poeta simbolista Eduardo Guimaraens e filhos do jornalista Carlos Raphael Guimaraens, colega de Quintana no *Correio do Povo* durante anos, em uma tarde de 1968 vêm ver o pai na redação.

Mario resolve brincar com as crianças e diz para Sílvia, com seu tope de fita no cabelo:

– Meninas têm borboletas na cabeça...

Esperta, ela devolve:

– E o senhor, o que é que tem?

– Ideias – ele responde.

MALANDRAGEM

UM GRUPO de estudantes de Comunicação da PUC conseguiu convencer o poeta a dar uma entrevista para o jornalzinho da faculdade. A primeira moça, para queimar etapas, foi logo querendo que falasse, quem sabe, talvez, a respeito de um tema sobre o qual havia grande curiosidade: seus amores.

Acompanhando a pergunta com a mão sobre a orelha, certamente a pressentindo, examinou a perguntadora e provocou a gargalhada dos demais, fechando a questão:

– Minha vida pessoal é uma coisa que não interessa nem a mim.

Animado pela descontração, um rapaz pediu que ele falasse sobre os seus primeiros tempos. Quintana ergueu-se da cadeira e contrapôs, alto:

– O quê? Do início da minha vida?

E, voltando a sentar, com calma cheia de reticências, olhando para um grupo de outras mocinhas:

– Não havia tanta malandragem...

BRUNA

UM GRANDE assunto que chega à roda, num intervalo da gravação da *Antologia Poética*: Bruna Lombardi. Os olhos verdes, o rosto, a delicadeza, o tudo. Quintana define, sonhador:
– Ela é bonita por demais, aquilo é até covardia. E é portátil!

Logo a conversa passa a ser sobre Gilda Marinho, a jornalista que rompeu preconceitos e marcou época na vida social de Porto Alegre. Foram muito amigos. Mario diz que foi mesmo uma grande mulher, conta histórias. Até perguntarem se é verdade que tinham sido namorados.
– Não, não, porque ela não era portátil...

BRUNA

A SECRETARIA de Educação e Cultura promovia viagens culturais pelo interior gaúcho e numa delas Bruna Lombardi, lançando um livro de poemas, convidou Quintana para acompanhá-la. E todo mundo vinha falar com ele, paparicavam, seu Mario pra cá, seu Mario pra lá, uma maravilha. Bruna ao lado. Tempos depois:

– Agora há pouco eu fui a Bagé e o pessoal não me dava bola. Escrevi para a Bruna: "Olha, que desilusão. Fiz um baita sucesso da outra vez, mas é porque eu estava contigo...".

BRUNA

MARIO sempre na dele, distraído, sai do elevador todo alegre e cumprimenta efusivamente o porteiro do hotel. Não acostumado com tantas gentilezas, o rapaz pensa um pouco e comenta com um colega:

– A Bruna Lombardi deve estar na cidade...

Foi uma paixão dele. Mas havia maledicentes para os quais a atriz alimentava essa aproximação, o "namoro" platônico, também para abrir espaços à poesia dela. Nas vezes que Elena comentava isso com ele, dizia que a sobrinha tinha ciúmes.

Um dia, uma emissora de TV de São Paulo convidou Mario e Bruna para seu programa semanal de entrevistas. Quando no jornal chegou a informação de que a atriz recebera cachê para participar, e Mario não, um colega ficou indignado e disse que era uma injustiça, um desrespeito. Mas ele entendeu:

– Ora, as pernas dela são muito mais bonitas que as minhas...

BRUNA

O JORNALISTA Maurício Mello Jr., na época crítico literário do *Correio Braziliense* e bom conhecedor da literatura do Rio Grande do Sul (com a motivação extra de ser casado com uma gaúcha), esteve em Porto Alegre por volta de 1985 para entrevistar Quintana. Depois de muita conversa séria, deixou para o fim uma questão que sabia ser do interesse dos leitores.

– Fale a respeito de sua amizade com Bruna Lombardi.

Mario pensou um pouco, bem pouco, e expôs o seu lado:

– Pois é... Não sei o que ela quer comigo. Mas eu estou cheio de más intenções...

SOPHIA

MAIS UMA da época da gravação do disco *Antologia Poética*. Assumindo a condição de piadista, já que tinha uma plateia disposta, Quintana deu a deixa:

– Outro dia desabou a minha cama no hotel...

– Mas como é que foi desabar a sua cama?

– Ora, eu sonhei com a Sophia Loren...

BICHO-PAPÃO

ALÉM de conterrâneo alegretense, o grande escritor Sergio Faraco tinha "a honra e o privilégio" de ser considerado por Mario um de seus "chatos prediletos". Idas e vindas marcavam a camaradagem, "longos intervalos, seguidos de temporadas em que nos víamos com frequência de noivos", conta Faraco.

Uma das luas de mel se deu no verão de 1988, quando em todas as sextas-feiras Faraco pegava o amigo para um passeio de auto pela cidade, volta e meia incluindo um restaurante que servia ótimos pasteizinhos de camarão, saboreados por Mario junto com sua indefectível taça de café preto.

Em um dia ensolarado foram apreciar a placidez do Guaíba na ilha do clube Jangadeiros. Conversavam voltados para o horizonte quando uma senhora chegou com delicadeza e, curvando-se, surpreendentemente, beijou a mão do poeta, que reagiu:

– Não faça isso, eu não sou o papa!

E, de imediato:

– Sou o papão!

PEIXINHOS E PEIXÕES

NO MESMO dia do passeio no Jangadeiros, Mario foi assediado pelas crianças desde que chegou. A todo momento lá vinham elas, e ele estava em seu melhor humor. Até recitou para a gurizada poetas de sua infância, como Olegário Mariano, Júlio Dantas e Alberto de Oliveira.

Lá pelas cinco da tarde, lagarteando e filosofando no gramado próximo à piscina, eles veem se aproximar uma garota loura de corpo escultural, bronzeada, "daquelas que são o orgulho da espécie", na classificação de Faraco.

Em meio ao seu olhar em *travelling*, Mario deixou escapar:

– Finalmente...

– Finalmente o quê? – estranhou Faraco

– É que até agora, na minha rede, tinha dado só peixinho...

CARMEM DA SILVA

FAMOSA nos anos 60, titular de uma coluna e autora dos textos mais lidos de *Cláudia*, a revista da editora Abril que disse à mulher média brasileira haver algo mais do que fotonovelas, a jornalista Carmem da Silva chega a Porto Alegre. Prato cheio para a página feminina do *Correio do Povo*. Maria Abreu é escalada para entrevistá-la e Mario está atento ao *frisson* na redação. Maria retorna do vetusto Salão Nobre, reservado para visitas muito especiais, e ele quer saber:

– E aí, que tal é a Carmem da Silva?

– É uma mulher inteligente, gostei da conversa com ela.

Ele ouviu e pensou um pouco, antes de desembarcar de seu lado machista:

– Olha, Maria, eu sou capaz de admirar uma mulher que se emancipa. Mas a que faz questão de emancipar a outra é uma cretina.

SHAKESPEARE

A COLETÂNEA era um corredor ocupado por livros, revistas e jornais, em um ponto nobre da Rua da Praia, diante da Praça da Alfândega e ao lado do Largo dos Medeiros. Lugar de encontro de intelectuais e leitores que marcou época na Porto Alegre dos anos 60, tinha em Quintana um visitador diário.

Arnaldo Campos, o dono, um dos livreiros mais respeitados da cidade, colecionador de edições históricas, estava por perto no dia em que uma jovem senhora ficou radiante ao reconhecer Quintana como o ilustre folheador ao seu lado. Observou-o algum tempo, aproximou-se. Aparentemente sem saber de que forma fazer a melhor abordagem, identificou-se como professora e foi fundo:

– Poeta, o que devo ler para entender Shakespeare?

Com o dedo indicador preso no meio do livro que estava examinando, Quintana orientou, imperturbável e honestamente:

– Shakespeare, minha filha!

ETC

COMO já vimos, garotas de colégio eram uma constante na redação do *Correio*. Numa semana especialmente cheia (os professores deviam estar inspirados), depois da quarta ou quinta entrevista, Mario comentou com Maria Abreu:

– Já estou cansado de dizer onde é que eu nasci, e as meninas ainda não aprenderam que foi em Alegrete. Desse jeito, quando escreverem sobre os poetas do Rio Grande do Sul, vão mencionar uma porção deles e eu ficarei no etc.

OS OUTROS

EM 1981 Mario deu uma longa entrevista à jornalista e escritora Edla van Steen, publicada no livro de depoimentos *Viver & Escrever*, da L&PM. Em uma das respostas usou praticamente o mesmo mote da historinha anterior, embora com significado oposto.

– Antes, nas histórias da literatura, vinha assim: no Rio Grande do Sul, Erico Verissimo, Augusto Meyer, Alcides Maya, Eduardo Guimaraens e outros. Nesse "outros" eu me sentia orgulhosa e anonimamente incluído. Agora passei para os citados. Você não imagina a inveja que eu tenho de mim mesmo quando eu era os "outros".

QUESTÃO RELEVANTE

MOROU LÁ durante 12 anos, e o Hotel Majestic iria fechar as portas. Além de todo o folclore, da tradição, o mais ilustre cliente, etcétera e tal, nem por isso se vá pensar que era homem de apegar-se doentiamente ao passado ou de lutar contra o irremediável. Mas o fechamento do hotel, e seu "desamparo", eram um prato.

No dia em que desocupou o quarto, a imprensa estava toda lá. Bem orientada para dramatizar a situação, a jovem repórter da TV Gaúcha, hoje RBS TV, cumpriu a pauta.

– E agora, o que o senhor vai fazer?!

E ele, com aquela típica cara de espanto e olhar vago:

– Realmente, minha filha, trata-se de um grave problema nacional.

(Projetado em 1928 pelo arquiteto alemão Theo Wiederspahn, o prédio do antigo Hotel Majestic é um dos monumentos arquitetônicos de Porto Alegre. Já estava em decadência quando o poeta foi seu hóspede, de 1968 até fechar as portas, em 1980. Tombado como patrimônio histórico, em 1983 passou a denominar-se Casa de Cultura Mario Quintana. Mas o centro cultural só seria inaugurado em 1990, depois de profunda reforma.)

GAGÁ

FESTAS pelos setenta anos. A TV Globo mandou do Rio de Janeiro uma repórter para entrevistá-lo. Ingênua e desinformada, tratou-o como um velho gagá, cheia de diminutivos e perguntas bobas. Mario ficou uma fera. Mais tarde, conversando com a amiga Madalena Wagner, desabafou:

— Veio aqui hoje uma moça me entrevistar. Não entendeu que estou meio surdo mas que minha cabeça está ótima. E ela, em plena posse de suas faculdades mentais, nem desconfia que já nasceu morta...

BOATO

SAGUÃO do Hotel Presidente, na Avenida Salgado Filho, um dos tantos endereços do poeta. O dono do hotel encontra Mario com as mãos no bolso do paletó, parado daquele seu jeito, olhando sem olhar, à espera de nada. E resolve interferir com uma brincadeira.

– Seu Mario, me disseram que o senhor vive dando em cima das moças que se hospedam no hotel...

Foi o que bastou para animar-se o velho sorriso ao mesmo tempo malicioso e ingênuo, quase adolescente:

– Olha, Pedrinho, não é verdade. Mas pode espalhar.

QUEM É?

SE NELSON Rodrigues tinha as estagiárias da PUC, Mario tinha as jovens repórteres de TV.

Em 1978, o Planetário da Universidade Federal do Rio Grande do Sul resolveu misturar poesia e astronomia. Os poemas de Quintana integravam o projeto e ele foi convidado para dar uma entrevista coletiva a respeito lá mesmo, no belo prédio futurista do planetário. Depois de toda a badalação dos 70 anos, já estava mais ou menos amaciado para essas coisas de entrevistas.

Falou com repórteres de jornais e agora, pacientemente, esperava que a equipe da TV Gaúcha se organizasse para gravar com ele. Teste daqui, luz dali, liga, desliga, microfone, contraplano, ok?, e ele olhando, quieto.

Lançada no Brasil pela TV Globo, estava na moda aquela história de o repórter encostar o microfone na boca do entrevistado e perguntar: "Quem é o Fulano de Tal?". E o Fulano respondia: "Sou um ator, um homem do povo, que compra em supermercado, entra em ônibus, acredita no mundo novo, patati, patatá". Deu pra lembrar? A repórter da TV Gaúcha precisava estar na onda e foi de primeira:

– Quem é Mario Quintana?

Surpreso, quase incrédulo diante da pergunta, ele só achou uma saída:

– Sou eu, minha filha.

FÃZINHA

UMA PROFESSORA primária ligou para Quintana. Tinha uma aluninha que queria muito conhecê-lo. Será que poderia levá-la para vê-lo na redação do *Correio*? Claro que sim. Apareceram as duas.

– Esse é o Mario Quintana – apresentou a professora.

Feitos os cumprimentos, a menina ficou quieta, olhando para o poeta, que soltava baforadas do cigarro para o alto, fazia algum comentário bobo, às vezes parecendo que saía do ar. E foram embora.

Algumas horas depois, liga a professora, com uma história que Mario gostava de contar, às gargalhadas:

– Quer saber o que a menina disse a seu respeito? "Ele é bonito, mas parece meio pateta."

BURRICE

ENCARREGADA de pegar Quintana no Hotel Majestic, Ângela Moreira chegou antes das oito da manhã. Dali iriam para o estúdio da ISAEC, na Rua Senhor dos Passos, onde estava sendo gravada a *Antologia Poética*. No carro, depois de um longo silêncio e um bocejo, o poeta pede desculpas:

– Eu sempre acordo meio burro...

Ângela rebate, elétrica:

– Eu não! Eu já me acordo a mil.

E ele, com sedutora condescendência:

– Ah!... O problema é que pessoas assim ficam burras o dia inteiro.

CARTOMANTE

NA JUVENTUDE, em Alegrete, foi consultar uma cartomante. Ela pediu-lhe que olhasse fixamente para o centro da bola de cristal e se concentrasse. Bons segundos depois, perguntou o que ele estava vendo.

– A ponta do meu nariz.

Mais tarde, bem mais tarde, Mario contou para Dulce Helfer que, naquela consulta, a cartomante dissera que aos 60 anos ele ficaria famoso. E exatamente no ano dos 60, em 1966, foi homenageado pela Academia Brasileira de Letras e o cronista Paulo Mendes Campos publicou na revista *O Cruzeiro* a primeira grande reportagem sobre ele, tornando-o nacionalmente conhecido. Mistérios...

ORGULHO E VAIDADE

ÀS VEZES era impiedoso até com os amigos, como em 1966 pôde comprovar Maria Abreu, jornalista, pianista e crítica de música que durante anos concentrou sua inteligência no *Correio do Povo* e depois escreveria para o caderno "Cultura", de *Zero Hora*.

Naquele dia ela não estava muito inspirada ao fazer a primeira pergunta da entrevista que o jornal publicaria para marcar os sessenta anos de Quintana. Começou:

– Falam tanto na sua modéstia, no seu horror a ser entrevistado que, por isso, nem sei o que lhe perguntar. Não quero afligi-lo.

E ele:

– O que me deixa aflito são as perguntas ociosas ou tolas.

Mas consertando:

– Eu a conheço bem para saber que não pode ser esse o seu caso, Maria. Aliás, essa história da minha modéstia é uma lenda, o que acontece é que sou muito orgulhoso para ter vaidades...

LINHA IMAGINÁRIA

NA MESMA entrevista a Maria Abreu disse não apenas não saber apontar seus melhores poemas, como ter "até um fraco por certos versos pobres de pé-quebrado, incuráveis".

– E como se sente na passagem dos sessenta anos? – ela perguntou.

– Não sinto nada. A linha dos sessenta, como a dos cinquenta ou dos quarenta anos, é uma linha imaginária, como a do Equador: o navio não dá o mínimo solavanco quando a gente a atravessa.

Tá?

DE FININHO

UMA GRANDE empresa escolheu Mario Quintana e duas outras personalidades do Rio Grande do Sul para homenagear. A solenidade, com discursos e entrega de placas, se daria no Hotel Plaza São Rafael, em elegante recepção.

Ele não gostava de ambientes afetados, mas resolveu ir com Elena. Já na chegada sentiram o clima: muito perfume, muito casaco de pele, vozerio, centenas de pessoas disputando o seu meio metro quadrado. Depois do coquetel seria servido o jantar.

Num breve intervalo entre os cumprimentos, Mario se vira para Elena:

– Vamos fugir.

– Mas como? Os diretores da empresa estão na porta recebendo os convidados, o que vamos dizer?

– A gente diz que vai comprar cigarros e sai.

Foi o que fizeram. Na Avenida Alberto Bins, respirou aliviado.

$ PRO CIGARRO

O *Correio do Povo* deixara de circular em junho de 1984 e ele ficara sem salário mensal, sem plano de saúde, sem nada, morando "de favor" no Hotel Royal, do ex-craque Falcão.

Em setembro, recebe um convite para ir a São Paulo. Teriam tudo pago, mas Elena pondera que estavam com muito pouco dinheiro, que a situação era difícil e que talvez fosse melhor não viajar.

Ele não se dá por vencido:

– Tens dinheiro pro teu cigarro?

– Tenho – diz ela.

– E eu tenho pro meu, então vamos.

Esta é uma das tantas histórias que desmentem aquelas de que Mario não gostava de viajar. E abre a chance para Elena comentar que, ao contrário do que outros também gostam de dizer, ele não guardou uma criança interior: "Guardou foi o adolescente".

HISTÓRIAS TERRÍVEIS

A TARDE de autógrafos do livro "infantil" *Pé de Pilão*, em 13 de junho de 1975, na Livraria do Globo, foi um acontecimento que virou noite de autógrafos. Teve até o cardeal Dom Vicente Scherer furando a fila, que saía da Rua da Praia, dobrava descendo a Avenida Borges e ameaça voltar à Globo... pelos fundos. Mario assinou uns 800 livros e teve seu primeiro contato real não com as crianças mas com o, digamos, "público infantil". Ouviu coisas como "mãe, ele até não é tão velhinho como eu pensava".

Ao lado da fila, a repórter Ise Mara Silveira, de *Zero Hora*, quis sua opinião sobre as histórias infantis clássicas: "Eram muito sádicas. A da Gata Borralheira, por exemplo, é uma história terrível!".

AS TIAS

O CRÍTICO baiano James Amado, irmão de Jorge, publicou na revista *Província de São Pedro* um artigo em que voltava baterias contra Quintana. Criticava o seu lirismo, o seu intimismo, numa época em que a situação do mundo, em plena Segunda Guerra, exigia engajamento.

Na biografia de Quintana, que escreveu em 1985 para a coleção "Esses Gaúchos", da editora Tchê! e da RBS, a jornalista Néa Castro reproduziu esta preciosidade que é a carta-resposta, publicada no número seguinte da revista, em junho de 1946. O trecho inicial:

"Meu caro James:

Li com espanto e apreço o ensaio que V. remeteu para a *Província de São Pedro* e no qual tem a bondade de avisar-me de que tomei o bonde errado em poesia. Apressei-me então em ver o que têm feito os poetas que, segundo V., tomaram o bonde certo. Eis dom Pablo Neruda: publica ele, numa revista nossa, uma ode à sra. mãe de Luiz Carlos Prestes. Abro outra revista e surge-me o sr. Camilo Jesus com um 'poema para Anita Leocádia', filhinha do sr. Luiz Carlos Prestes. Desconsolo-me. Vejo que cheguei tarde, muito tarde. Agora, só me restam as tias do sr. Luiz Carlos Prestes."

Quintana costumava dizer que uma boa causa jamais salvou um mau poeta.

ARREPENDIMENTO

DONALDO Schüler, poeta, ensaísta e professor da Universidade Federal do Rio Grande do Sul, foi à redação do *Correio do Povo* agradecer uma citação a respeito dele, feita num dos "Caderno H". Quintana:
— Já que vieste me agradecer, acho que até já me arrependi...

O GENERAL

EM 1967 Mario fez uma visita a Alegrete. Já se tornara um nome conhecido no Brasil inteiro, depois do lançamento da *Antologia Poética* pela Editora do Autor. Caminhando pelas ruas, se encontrou com um general, famoso na cidade pelas grosserias que costumava dizer.

O militar cumprimentou-o amistosamente e, procurando ser gentil, fez alusão ao tempo em que Mario bebia muito. Foi gentil como um boxeador:

– Então, Mario, quem te viu, quem te vê! Ontem as borracheiras, hoje um poeta nacional!

Levou o troco:

– Então, general, quem te viu e quem te vê: sempre a mesma coisa!

UM ESTRANHO

MARIO estava nas oficinas do *Correio* revisando sua coluna "Do Caderno H" quando entra, de visita, um grupo grande. Ao identificá-lo, um dos homens, sorridente e simpático, sai do grupo e se dirige a ele, estendendo a mão.

– Mas ô, poeta, que prazer! Leio sempre os seus versos.

Mario o cumprimenta frouxamente, levanta as sobrancelhas, passa os olhos pela turma na qual podem ser identificados, pelo jeito, alguns seguranças (capangas, como se dizia) e, voltando a fixar o homem por sobre os óculos, desculpa-se:

– Muito obrigado. Mas... o senhor, quem é?

Era Leonel de Moura Brizola, governador do Rio Grande do Sul.

OBRIGADINHO

AUTOGRAFA um de seus livros com a tranquilidade costumeira, dizendo uma coisa ou outra para as crianças da fila, quando é apresentado a um ministro de Estado de passagem por Porto Alegre e que estava ali para cumprimentá-lo. Curvando o corpo o político confessa, tentando ser gentil:

– Gosto muito dos seus versinhos.

E Quintana, abrindo aquela sua expressão típica de incredulidade, revida no mesmo instante:

– Muito obrigado pela sua opiniãozinha.

DO POSTE

OS ENCONTROS de políticos com Mario Quintana eram quase sempre hilariantes – ou constrangedores, dependendo do ponto de vista. Aquele dia, na redação do *Correio*, foi cumprimentá-lo um candidato a deputado pela Arena.

Ele já se acostumara com a repetição da cena: "Nosso grande poeta, leio religiosamente o 'Caderno H', não perco nenhum de seus livros, etcétera e tal".

– Ah, sim, conheço o senhor. Hoje mesmo vi seu retrato colado em um poste.

GENERAIS

OS JORNALISTAS políticos Marco Antonio Kraemer e José Barrionuevo especulavam sobre quem poderia ser o sucessor de Emilio Garrastazu Médici na presidência da República. Mario ouvindo. Na mesa ao lado, Ivo Stigger datilografa. Mario passa a ele uma lauda com uma frase escrita à mão:

– Olhaí, Alemãozinho do Cinema.

Stigger guarda o papel como relíquia. Está lá: "Era uma vez um general burro. Tão burro, que os outros generais notaram".

TANCREDO

GOSTAVA de dizer-se maragato, foi revolucionário em 1930 e depois tornou-se admirador de Getúlio Vargas. Durante os vinte anos do regime militar implantado em 1964, achou melhor reservar suas opiniões políticas para os muito próximos. Com o fim da ditadura, apoiou Tancredo Neves nas eleições indiretas para a presidência da República. Em outubro de 1984 um repórter perguntou-lhe por que apoiava Tancredo. Sem mistério:

– Por que sou do Tancredo? Porque não sou do Maluf, ora bolas.

Q.I.

A NOVELA da entrada de Mario na Academia Brasileira de Letras rendeu laudas e laudas nos jornais. Vetando-o, a Academia não chegou a ficar exatamente menor, pois tem uma história cheinha de fisiologismos. Mas perdeu mais uma oportunidade de tornar-se maior. Embora, cá entre nós, deva-se reconhecer que Mario jamais participaria daquele salamaleque todo. Imagina se ele iria, de tempos em tempos, pegar um avião até o Rio de Janeiro para dedicar-se a chazinhos e discursos.

Costumava dizer que as academias são espécies de sociedades recreativas e funerárias. Se o tivesse "incorporado", a ABL viveria em constante sobressalto. Exemplo: interrogado por outro repórter sobre suas chances de tornar-se um acadêmico, respondeu:

– Isso depende apenas de Q.I.

Provocado, o repórter concedeu:

– Nesse caso o senhor estaria lá há muito tempo.

Ao que Quintana contrapôs, modesto:

– É, depende de... Quem Indicou...

RAINHA DAS PISCINAS

DEPOIS da Academia tê-lo recusado pela segunda vez, virou moda lançá-lo candidato a qualquer coisa, como uma espécie de pedido de desculpas indevido. E às vezes eram eleições igualmente já decididas contra ele, nas quais entrava apenas para dar destaque ao vencedor.

Numa dessas, uma certa ala conservadora indicou-o para o Prêmio Juca Pato, concorrendo contra o jurista Dalmo Dallari, que recém havia sofrido uma série de constrangimentos, de parte do regime militar, por sua atuação em defesa dos direitos humanos.

Perdeu de novo. Elegante, enviou longo telegrama a Dallari, cumprimentando-o. Mas é claro que ficou chateado. Ivo Stigger percebeu e aproveitou para sugerir-lhe que desautorizasse qualquer pessoa, movimento ou instituição a lançá-lo, sem prévia consulta, candidato a qualquer coisa. Em tom de brincadeira, arrematou:

– Senão, um dia desses um grêmio literário qualquer te lança candidato a Rainha das Piscinas...

Mario olhou sério para o jovem colega – que, por segundos, imaginou ter ido longe demais. Mas logo colocou a mão em seu ombro e disse:

– Nesse caso, provavelmente iria perder de novo.

MALVINAS

NA ÚLTIMA vez em que se candidatou à Academia, em 1982, perdendo para o jornalista Carlos Castello Branco, Mario viajou com Elena ao Rio de Janeiro para cumprir a formalidade das visitas aos acadêmicos.

Foram umas quinze visitas, quase todas em finais de tarde. E em quase todas as esposas dos acadêmicos serviam um cafezinho. Para driblar questionários constrangedores (como aquele em que o acadêmico José Guilherme Merquior sentou-o sob um refletor e pediu, para seu espanto: "Fale-nos sobre Proust"), Mario trazia um assunto engatilhado: a guerra das Malvinas, que estava em pleno andamento.

Nunca falou sobre a Academia, nunca pediu um único voto. No avião de volta a Porto Alegre, comentou para Elena:

– A guerra das Malvinas me salvou...

IDENTIDADE

EM 1986, ano dos seus oitenta, ele caminhava bastante, por recomendação médica. Andava pela André da Rocha, a rua do Hotel Porto Alegre Residence, onde vivia, e pelas imediações. Nessas caminhadas simpatizou com uma arvorezinha plantada na calçada. Frágil e sem proteção, logo seria quebrada. Achou que alguém precisava cuidar da árvore e tanto fez que Elena resolveu ligar para a Secretaria Municipal do Meio Ambiente.

Informado sobre o autor do pedido, o secretário determinou que providenciassem uma grade e aproveitou para promover uma cerimônia de inauguração, tendo Quintana como padrinho da árvore. Durante a solenidade, um repórter de TV quis testar os conhecimentos de botânica do poeta:

– Qual é o nome dessa árvore?

– Eu não sei. Mas em compensação ela também não sabe o meu...

Dias depois Quintana deu um nome à afilhada: Gabriela.

DÍVIDA

COM O fechamento do velho *Correião*, em 1984, ele passou a publicar o "Caderno H" na *Istoé*. O correspondente da revista no Rio Grande do Sul, Carlos Urbim, dublê de jornalista e escritor de livros infantis, como *O Guri Daltônico*, foi um dia ouvir a opinião de Mario para uma reportagem.

Na hora combinada com Elena, administradora da agenda, Urbim chegou ao Porto Alegre Residence acompanhado da fotógrafa Eneida Serrano. Apresentou-se:

– Somos colegas da *Istoé*.

Ao saber disso, Quintana fechou-se:

– Da *Istoé*? Para a *Istoé* eu não falo! Estão me devendo e não me pagam.

GUERRA É GUERRA

A SEGUNDA Guerra é o assunto de todos. Henrique Bertaso e um conhecido cidadão, do qual o filho José Otávio Bertaso cavalheirescamente omite o nome, entram no elevador da Livraria do Globo, onde já se encontrava Quintana. Falam sobre determinada batalha na frente oriental vencida pelas tropas aliadas. O cidadão vira-se para Mario e em seguida se dirige a Bertaso, com um sorriso condescendente:

– Vamos mudar de assunto porque o nosso poeta não entende de guerras.

Pediu e levou:

– É. Posso não entender de guerras. Mas não sou burro como tu.

DESVANTAGEM

QUASE MEIA-NOITE de um dia de inverno, chuva fininha lá fora, e naquele tempo não havia essa preocupação com crachás, nem seguranças pedindo identidades de visitantes. Mario ainda está na redação quando irrompe um rapaz, de capa de náilon – daquelas que se dobravam até ficarem do tamanho de um envelope.

Pingando água, foi direto à mesa de Mario, deu boa-noite e abriu a capa, tirando um bolo de folhas de papel almaço já meio respingadas. Eram sonetos manuscritos. Esclareceu o motivo da visita àquela hora:

– Seu Mario, vim trocar algumas ideias com o senhor.

Impávido, o poeta reagiu:

– Não aceito! Certamente vou sair perdendo...

Mas deu sua gargalhada característica e ficou lá, conversando com o sonetista.

MENOS É MAIS

NOUTRO DIA, outro jovem poeta. Da Fronteira. Acampado no quarto de um conterrâneo na Casa do Estudante da UFRGS, aproveitava a Feira do Livro para visitar a capital, antecipando o gosto do vestibular que faria em seguida. Primeiro endereço na agenda: redação do *Correio do Povo*, pois não perdia um "Caderno H".

Entre tímido e sorrateiro, segue Quintana da Praça da Alfândega ao prédio da Caldas Junior, chegando como uma sombra à mesa do poeta enquanto ele ainda se acomoda na cadeira. Traz um caderno em espiral de duzentas folhas recheado de versos manuscritos com Bic.

Escaldado, Mario nem toca no caderno. Mas olhando o volume, acha que deve dizer algo ao jovem admirador (mais tarde um conhecido jornalista):

– Meu conselho é que em vez de escrever duzentos poemas, escrevas dez.

NÁUFRAGOS

ERAM INCONTÁVEIS os que o procuravam dizendo-se poetas. Não gostava nada disso, mas embora tivesse a fama de seco e mal-humorado, não há registro de alguma estupidez para com eles. Disse uma vez, e isso colabora para que se entenda sua paciência: "Os poetas novos são natimortos; os editores só querem publicar medalhões, como eu".

Tinham uma vantagem, no entanto:

– Os poetas de agora não são filiados a nenhuma escola, e isso vem da falta de cultura deles. A compensação está justamente aí: não se filiam a ninguém e metem as caras. Como não embarcam na mesma canoa, não correm o risco de naufragarem todos ao mesmo tempo...

TELEFONE

TARDE de verão, abafada, ventiladores da redação a mil. O humor dele não está lá essas coisas e eis que chega um daqueles. E acompanhado de uma pasta cheia de poesias. Mario atende, procura ser gentil, mas quem o conhece, como o colega Jayme Copstein, sabe que quer se livrar rápido do visitante. Recomenda que deixe a pasta, que vai dar uma olhada assim que tiver tempo.

– Era isso, né? Tá?

O outro ainda quer conversa, põe as mãos na mesa, fala, faz perguntas, enquanto Mario, impaciente, põe uma lauda na máquina, abre e fecha gavetas, mexe nos papéis. Nem olha mais para o sujeito, esperando que dê o fora.

Mesmo sem ouvir o que o outro dizia, Copstein prepara-se para a reação. E toda a redação do *Correio* ouve a familiar voz entredentes, mas alta:

– Eu não sei o número do meu telefone! Eu nunca telefonei pra mim!

MEMÓRIA

O LANÇAMENTO do disco *Antologia Poética*, em 1983, foi cercado de entrevistas e rememorações. Para um repórter de televisão, Quintana recitou, inteiro, aquele que considerava seu primeiro poema, feito em 1923, um soneto que começa assim:

"Que linda estavas, Maria, no dia da comunhão..."

O repórter mostrou espanto:

– Essa poesia tem sessenta anos! Como é que o senhor consegue se lembrar?

– É que minha memória também tem sessenta anos...

CHATEAÇÕEZINHAS

NA MAIOR parte das vezes que andou em hospitais, Mario dividia o quarto com alguém. Desta vez, ao lado dele estava outro velhinho, quer dizer, outro senhor entrado em anos. A enfermeira irrompia no quarto:

– Hora do seu remedinho...

Pouco depois:

– Hora de sua sopinha...

Mais tarde:

– Vamos arrumar essas cobertinhas...

Sempre os tais diminutivos que ele odiava. Virou-se para o companheiro:

– Daqui a pouco ela vai entrar aqui e dizer: "Olha como eles estão agonizantezinhos"...

RECITAL

A PRIMAVERA de 1975 começou quente, ensolarada e ventosa. Numa daquelas tardes, com o cabelo arrepiado e passo lento, Quintana atravessa a Praça da Alfândega, cheia de ipês em flor, quando subitamente para diante dele um rapaz de roupas coloridas, calça boca de sino, bolsa a tiracolo, cabelo *black power*, diminutos óculos de sombra redondos. Tirado dos seus pensamentos, a primeira reação foi de espanto:

– Meu Deus, onde é que eu fui me meter?

O rapaz então explica o motivo do atraque: com um grupo de amigos, estava preparando um recital de poetas gaúchos e Quintana era um dos que teriam lidos os seus poemas. Queria uma sugestão de nome para o recital. Refeito do susto, Quintana sugere:

– Que tal... Inominável?

QUE BELEZA

O POETA está de ótimo astral no dia em que o produtor de discos Roberto Santana, responsável pela gravação da *Antologia Poética*, apresenta a ele sua bela namorada baiana:

– Ela faz poesia...

Quintana, simpático:

– Ah, que beleza. Acho que todo mundo devia fazer versos, né? Desde que não viesse me mostrar.

PREFÁCIO

EM SEU escritório na Editora Sulina, o editor Sérgio Lüdtke recebe um poeta bageense. Quer que a Sulina promova o lançamento e a distribuição de seu livro, já pronto, em edição pessoal. Um dos argumentos para convencer Sérgio a abraçar a causa é o prefácio, mencionado com enorme orgulho e estampado, como se diz, em chamada de capa: "Prefácio de Mario Quintana". Sérgio foi conferir:

"A vida me ensinou que a gente só gosta de quem é parecido com a gente. Lendo os versos de Fulano de Tal, vejo que somos muito diferentes. Talvez esteja aí o seu grande valor. Mario Quintana".

SEM FANATISMO

OS TRADICIONALISTAS, essa turma que acha que inventou o cavalo e o campo, nunca conseguiram cooptar Mario Quintana. Temendo suas tiradas mortais, sempre se mantiveram a uma distância respeitosa. Mas ele não tinha por que pagar imposto ao altar da tradição e escrevia coisas do tipo: "Lembro que certa vez me encontrei com seu Zé na rua. Como bons gaúchos, paramos, relinchamo-nos, abraçamo-nos...".

Mesmo assim, não faltavam incautos que vinham cobrar posições. Em um dia de boa paciência, Mario deu a um deles uma explicação sociológica:

– Eu não sou gaúcho fanático. Não sou porque meu pai nasceu no Mato Grosso, estudou no Rio de Janeiro, era farmacêutico e, para ele, o mate de boca em boca era uma coisa anti-higiênica.

SEM FANATISMO II

LEONEL Brizola era governador do Rio de Janeiro, em 1984, quando o poeta foi convidado para autografar seus livros em uma dessas feiras de divulgação do Rio Grande do Sul no centro do país. Na fila, enoooorme, a sobrinha Elena Quintana lembra que estavam até o líder comunista Luiz Carlos Prestes e o "tremendão" da Jovem Guarda Erasmo Carlos.

De repente, quebra o ritmo da fila um homem oferecendo a Mario uma cuia de chimarrão. Ele agradece mas recusa:

– Sou gaúcho mas não sou fanático.

O tipo insiste, diz alguma coisa, mostra uma máquina fotográfica. Suspirante, Mario olha para o primeiro da fila já com o livro à sua frente, solta a caneta na mesa, pega a cuia e avisa, com certo volume de voz:

– Mas só pra tirar a foto!

GAÚCHO SENTADO

COM A POPULARIZAÇÃO do tradicionalismo, muitos achavam que ele, nascido "no" Alegrete, terra de centauros, talvez devesse dedicar um lado de sua poesia a tal "vertente".

A professora Lígia Chiappini de Moraes Leite, da Universidade de São Paulo, que em 1970 e 1971 entrevistou Athos Damasceno Ferreira, Augusto Meyer, Erico Verissimo, Raul Bopp, Theodomiro Tostes, Moysés Vellinho e, entre outros, Quintana, para sua pesquisa sobre regionalismo e modernidade, ouviu dele uma dessas definições definitivas, que brinca com o "gaúcho a pé" de Cyro Martins e parece ainda mais atual nos anos 2000:

– Sou um gaúcho sentado, o que me afasta da tradição.

MATE COM CACHAÇA

ERA SEM dúvida um iconoclasta aquele colega de pensão de Quintana que gostava de tomar mate com cachaça – dentro da cuia, claro. Hábito, aliás, que não prosperou pelo inusitado. Mas, enfim, há gosto para tudo. Mario nunca esqueceu da figura:

– A única função dele, na pensão, era acertar o relógio. E ele sempre acertava errado, porque ficava na porta da pensão o dia todo, tomando mate com cachaça e mexendo com as mulatas...

ROCIO

INÍCIO dos anos 50. Na casa do escultor Xico Stockinger, Mario Quintana, Nydia e Josué Guimarães, mais alguns intelectuais, recepcionam o poeta e diplomata Décio Escobar, gaúcho radicado em Minas Gerais, que passava por Porto Alegre. No meio da noite, Escobar, inspirado pela agradável conversa e pelo vinho, rabisca poemas. Lê um em voz alta. Em determinado momento, interrompe e se dirige a Quintana com uma dúvida:

– É rócio ou rocio?

E Quintana, alto nos dois sentidos:

– Tanto faz. Só um imbecil para usar uma palavra dessas num poema.

PORTA-GATOS

ERA AMIGO de visitar diariamente Nydia e Josué, principalmente quando passaram a morar no Edifício Serrano, na Rua da Praia, em frente ao Hotel Majestic. Ia lá para conversar mas também para ficar quieto. Sentava sempre na mesma poltrona da sala e às vezes até tirava um cochilo. Era o momento em que Chaimite, a gata do casal, aproveitava para se instalar no colo dele.

– Ela adorava o colo do Mario – conta Nydia. Mas não era correspondida. Ele a enxotava sempre, protestando: "Não sou porta-gatos!".

MACACO SÁBIO

NAQUELA ÉPOCA tinham a mania de botar apelidos nas pessoas. Na Editora Globo, não havia quem não tivesse o seu. O de Mario era "Macaco Sábio". Por quê?

– Eu não gostava de dar entrevistas e gostava menos ainda das fotos publicadas. Dizia: não sou macaco sábio para estarem me exibindo...

TÍTULOS

ELE E JAYME Copstein examinavam a fantástica vitrina do brique Ao Belchior, na Rua da Praia, ao lado do Cine Cacique, uma das relíquias que Porto Alegre perdeu – e aliás já perdeu também o cinema, com suas pinturas de Glauco Rodrigues nas paredes. Quintana ainda saboreava o título de Cidadão Honorário, que recebera naquela semana de 1967. De repente, são chamados à realidade por um grito feminino:

– Mario!

Voltam-se na direção da voz e veem uma mulher que se dirige a eles, acompanhada de um rapagão com corpo de atleta.

– Não te lembras mais de mim, Mario? – inquire a mulher. – Não te lembras? Fomos colegas de escola no Alegrete!

Procurando se lembrar, constrangido com a euforia da conterrânea:

– Ah, sim, é verdade, estou me lembrando...

– Pois eu quero te apresentar o meu filho, Fulano de Tal, estudante universitário!

E ele, com calculada timidez, estendendo a mão:

– Muito prazer! Mario Quintana, poeta municipário.

Depois que mãe e filhotão foram embora, Jayme perguntou se ele não teria sido indelicado.

– O rapaz tem um título e eu tinha que retribuír, ora bolas!

CHATO NA PRAÇA

QUINTANA caminha pela Praça da Alfândega. Sentado em um banco, um gaiato não perde a oportunidade e se intromete:

– Passeando, poeta?

A resposta vem em tom quase sarcástico:

– Ué, é proibido?

DESANONIMATO

COMO já se contou, depois de todas as festas dos setenta anos ele foi ficando menos escorregadio com as interferências externas, mesmo que às vezes demonstrasse um certo espanto, como quem é acordado repentinamente. Naquele dia tomava um cafezinho no balcão da lancheria Rib's da Rua da Praia, quando o inevitável se repete. Alguém que se aproxima em altos brados, saudando o poeta com intimidade, querendo conversa. Ultrapassada a situação, os que estavam próximos puderam ouvi-lo comentar com os seus botões:

– Puxa! Tô manjado...

CARA DE CAVALO

UM JORNALISTA do *Correio do Povo* tinha – e odiava – o apelido de Cara de Cavalo. E quanto mais ele se irritava, mais implicavam. Quintana nunca usou tal apelido, e o colega o admirava também por esse motivo.

Mas naquela noite, altas horas, coincidiu de o outro encontrá-lo mal das pernas em um bar. Recolheu-o, levou-o para o quarto do Hotel Majestic, fez café preto sem açúcar. Deixou-o pronto para dormir. Dever cumprido, está saindo quando Quintana abre os olhos, pisca, levanta a cabeça e, voltando a descansá-la no travesseiro, diz para o samaritano:

– Sabe que tu tens a cara parecida com a de um cavalo?

ÂNGULOS

GOSTAVA muito de cinema e fazia troça dos críticos dos jornais do centro do país e também de alguns jovens cinéfilos que seu amigo e editor P.F GastaI abrigava nas páginas do *Correio do Povo* e, principalmente, da *Folha da Tarde*. Era a "Geração Cahiers du Cinéma". Adoravam interpretações e análises complicadas, muitas vezes confusas, embora "geniais", examinando ângulos daqui e ângulos dali.

– São uns angulistas – definia Mario.

INTERIOR

EM 1976, ao lado de Marco Aurélio, Uberti, Wilmarx, Reinaldo, Renato Pereira, Schröeder, Levitan e outros, ele estava em Caxias do Sul para o lançamento da antologia de humor *14 Bis*, o segundo registro do boom de humoristas gaúchos dos anos 70 – o primeiro foi o livro *QI 14*, do ano anterior, também lançado pela Editora Garatuja. Mario participava do *14 Bis* como convidado especialíssimo, fechando o livro.

Estão lá frases como "O que tem de bom numa galinha assada é que ela não cacareja", ou "O pior dos problemas da gente é que ninguém tem nada com isso", ou ainda a definição de autodidata: "Ignorante por conta própria".

Naquele dia, um repórter de rádio veio entrevistá-lo e, depois de várias perguntas, ainda quis saber:

– O senhor conhece algum poeta do interior?

Respondeu com uma frase feita:

– Conheço os poetas do meu interior... Tá?

Sempre que queria terminar uma entrevista ou encerrar uma conversa, Mario começava a dizer "tá?".

FAROESTE

COQUETEL de lançamento do livro *A Vaca e o Hipogrifo* em Porto Alegre, 1977. Depois de esgotada a fila dos autógrafos, Quintana foi cercado por um grupo de conversadores. Papo vai, papo vem, o assunto cai no cinema. Ele só ouvia, até que um jornalista impertinente enfiou-se:

– Me disseram que tu gostas muito de filmes de faroeste, mocinho e bandido, essas coisas. É verdade?

A resposta veio séria, mas acompanhada do sorriso sarcástico de canto de boca:

– Não, não gosto de faroeste. Quero saber o nome da pessoa que inventou essa bobagem. Vou processá-la.

DR. QUINTANA

MARIO adorava contar histórias em forma de anedotas. O escritor Sergio Faraco registrou várias, contadas durante os passeios de automóvel sem rumo pelos bairros de Porto Alegre.

Uma delas tinha como personagem seu avô materno, o Dr. Quintana, mais tarde nome de rua em Alegrete. Médico e político, muito mulherengo, na época desta história o Dr. Quintana era prefeito da cidade. Estava em um palanque discursando, fazia calor e ele suava bastante. Enfiou a mão no bolso para tirar o lenço, e o que veio foi uma calcinha feminina.

Houve risos e constrangimentos entre os ouvintes, mas o Dr. Quintana, olhando a calcinha, logo se recompôs:

– Essas minhas filhas me fazem cada uma...

SIÁ BALBINA

OUTRA que ele contava tinha como personagem Siá Balbina, uma senhora negra que trabalhava para os Quintana em Alegrete. Figura da família, o tipo bonachão que a gente conhece, típico no interior de anos atrás.

Mario passava uma temporada em casa e um dia chegou para visitá-lo o poeta Ovídio Chaves, homem gentil e educado. Quando Ovídio foi embora, Siá Balbina comentou com Mario:

– Gostei muito do seu amigo, gostei mesmo. É uma pessoa muito distinta. Pena que tem nome de orelha.

CUJAS CANÇÕES

NO INÍCIO dos anos 40, já um jovem poeta respeitado em Porto Alegre, Quintana teve uma foto publicada na lidíssima coluna "Do Bric-a-Brac da Vida", do *Correio do Povo*. A legenda, em duas linhas, identificava: "O poeta Mario Quintana, cujas canções...", e seguia por aí. A edição fez sucesso em Alegrete. Siá Balbina não leu a continuação da legenda. Leu só a primeira linha e se deu por satisfeita com o que considerou um alto elogio.

Depois disso, na primeira vez que Quintana foi visitar a família, toda vez que passava por ele Siá Balbina o cutucava e dizia, orgulhosa:

– Aí, hein, cujas canções, hein?

Ensaio biobibliográfico

JEKYLL, HYDE E WONG

*Ernani Ssó**

O Estranho Caso de Mister Wong

Além do controlado Dr. Jekyll e do desrecalcado Mister Hyde, há também um chinês dentro de nós: Mister Wong. Nem bom, nem mau: gratuito. Entremos, por exemplo, neste teatro. Tomemos este camarote. Pois bem, enquanto o Dr. Jekyll, muito compenetrado, é todo ouvidos, e Mister Hyde arrisca um olho e a alma no decote da senhora vizinha, o nosso Mister Wong, descansadamente, põe-se a contar carecas na plateia...

Outros exemplos? Procure-os o senhor em si mesmo, agora mesmo. Não perca tempo. Cultive o seu Mister Wong!

Mario Quintana, em *Sapato Florido*.

MARIO QUINTANA nasceu em Alegrete, RS, "filho do Freud com a rainha Vitória", segundo ele mesmo disse, com a proverbial síntese e graça. O fato, acontecido num "solar de leões", com sótão, porão, corredores e escadarias, mais assustador do que o mundo, foi

---

* Ernani Ssó é escritor e tradutor

comemorado pelos irmãos com a compra de duas rapaduras de quatro vinténs. Começava a noite de 30 de julho de 1906. Fazia um grau abaixo de zero.

Não foi menino de brincar na rua. Tímido, mimado, doente, cresceu "por trás de uma vidraça – um menino de aquário". Aprendeu a ler com a ajuda dos pais. Aos sete, sabia um pouco de francês, porque era a língua que a família usava para não se expor aos empregados. Aos nove, foi para a escola. Aos treze, entrou para o internato do Colégio Militar, em Porto Alegre. Não foi um aluno muito aplicado. Tinha interesse apenas por Português, Francês e História. Assinava as provas de Matemática sem ler. Daí que acabou voltando para casa, em 1924, para trabalhar na farmácia com o pai, que o queria doutor, não simplesmente poeta. Pena que o pai morreu em 1927, um ano depois da mulher, sem ter ideia de que o filho não foi simplesmente poeta, mas poeta adjetivado: grande, delicioso. Mais: dos poucos que, além de admiração, causam amor.

Mesmo depois de 1929, quando foi para Porto Alegre fazer o que sabia e gostava, escrever, andou meio perdido. Como naquele tempo "se nascia maragato", entrou para o jornal de Raul Pilla, *O Estado do Rio Grande*. Na revolução de 30, teve "um ataque de patriotismo" e se alistou como voluntário. Ficou seis meses no Rio, vigiando o Mangue, zona de prostituição. Tinha ido para ser herói. Voltou, continuando em *O Estado do Rio Grande* até 1932, quando o jornal foi fechado por Flores da Cunha porque tinha apoiado o levante paulista contra Getúlio Vargas. Na rua, Quintana pegou sua primeira tradução na Editora Globo, *Palavras e sangue*, de Papini, que saiu em 1934. Começava assim, segundo muita gente exigente, como Ivan Lessa, a carreira do maior tradutor brasileiro, que lembrava apenas do elogio que recebeu pela tradução que fez de Voltaire: Paulo Rónai a leu e disse que era preciso apenas acertar a ortografia.

Voltou para o Rio em 1935, onde "se encostou" na *Gazeta de Notícias*. Tornou-se amigo de Cecília Meireles, por quem, como Egydio Squeff, era apaixonado. Amor ingênuo, romântico, disse. Parece que a própria Cecília nunca ficou sabendo. Um dia, convidados pela musa para um chá, foram de bar em bar para se encorajar. Quando enfim chegaram à valentia, estavam bêbados demais para aparecer na casa da poeta, que era uma dama.

Quando a *Gazeta* fechou, Mansueto Bernardi ofereceu um emprego de pesador de ouro na Casa da Moeda para Quintana. Disse que se assustou: muito distraído, podia pesar mais ou menos, ou botar um lingote no bolso pensando que era o maço de cigarros. Desconversa. Na farmácia do pai, Quintana lidava com remédios que precisavam estar nas doses certas, coisa mais perigosa que uns gramas de ouro. Em outra ocasião, ele disse que seu cuidado com as palavras, sua mania pela precisão, talvez tivesse nascido aí, no laboratório. Por que seria diferente com o ouro? Há quem garanta que Quintana não ficou no Rio porque se sentia perdido entre tantos grupinhos intelectuais. Em Porto Alegre todo mundo se conhecia e ele conhecia todo mundo. Será? No Rio, Quintana conhecia gente suficiente. Enfim, o certo é que, no desespero, pediu socorro a Erico Verissimo, na Editora Globo. Erico mandou um bilhete: "Podes vir, mermão".

De 1936 a 1955, traduziu para a Globo ninguém sabe quantos títulos. Nem ele mesmo. Com seu nome, há registro de quarenta livros. Assinou muitos com pseudônimos, criados na hora, que ninguém lembra. Suas línguas eram o francês e o espanhol. Mas, por vergonha de traduzir Lin Yutang de uma tradução castelhana, aprendeu inglês na marra. Encarou grandes autores, como Maupassant, Voltaire, Proust, Balzac, André Gide, Georges Simenon, Virginia Woolf, Graham Greene, Conrad, Somerset Maugham, Charles Morgan e Huxley. Levava uns seis meses pra traduzir um Proust, segundo disse em entrevistas. Um romance policial? Uma semana – mais tempo às vezes do que o próprio autor levou para escrever. O segredo do profissional: seguir o estilo do autor, não o do tradutor. Tudo parece simples quando Quintana mete a mão.

Em 1940, publicou pela Globo seu primeiro livro: *A rua dos cata-ventos*. Tinha 34 anos. Por que a demora? "Como eu disse, eu ia deixando, adiando... Erico Verissimo, então secretário da Editora Globo, pôs-me contra a parede. Meu irmão Milton disse-me que eu ia ficar como aquele personagem do Eça, muito gabado, muito louvado... e nada! Reynaldo Moura, poeta e amigo, pôs-me em brios: se você não publicar nada vão achar que você é um boêmio. Se publicar, dirão: é um escritor! Meio extravagante...

Apesar de vender muito pouco, novos livros aparecem: pela Globo, *Canções* (1946), *Sapato florido* (1948), *O batalhão das letras* (1948), *Espelho mágico* (1951); pela Fronteira, *O aprendiz de feiticeiro* (1950), livro predileto de Manuel Bandeira e Carlos Drummond de Andrade. Também o predileto do crítico Paulo Hecker Filho, que, não só pagou a conta, como cuidou da edição.

Em junho de 1945, o grupo da Livraria do Globo lançou a revista trimestral *Província de São Pedro*, que saiu até 1967. Era bastante conhecida pelo mundo intelectual brasileiro. No primeiro número aparece o "Caderno H", onde Quintana passou a publicar poemas em prosa, pequenas histórias e reflexões, como sempre com muito humor. Chamava-se assim porque era escrito na última hora, na hora H. As colaborações duraram sete números. O "Caderno H" voltaria a sair somente em 1953, mas daí durou até 1983, no *Correio do Povo*, no "Caderno de Sábado". Depois, em 1984, saiu por um período na revista *Istoé*.

De toda a produção para essa coluna, Quintana selecionou material para vários livros. Numa entrevista de 1981, para o *Correio do Povo*, comentou: "Às vezes tenho a surpresa de achar um poema muito bom. Mas em outros momentos sacudo a cabeça e fico me indagando como é que fui escrever uma bobagem daquelas. Às vezes, corrijo, emendo, e alguns ficam irreconhecíveis. Mas outros são natimortos irrecuperáveis".

Pé de pilão, seu livro infantil mais popular, foi escrito em 1948 e publicado pela *Revista do Globo*. Saiu em livro apenas em 1975, numa parceria da Editora Garatuja e do Instituto Estadual do Livro, com ilustrações de Edgar Koetz e prefácio de Erico Verissimo. A tarde de autógrafos virou noite: na Livraria do Globo, dia 13 de junho, Quintana autografou cerca de oitocentos exemplares, de modo ininterrupto, das 16 às 21 horas. Dizem que a fila saía da livraria, dobrava à direita na Avenida Borges de Medeiros e acabava na livraria de novo, pela porta dos fundos.

A crítica manteve silêncio ou o subestimou. Foi preciso que Fausto Cunha, em 1964, no livro *A luta literária*, no texto "Assassinemos o poeta", derrubasse o papo de que Quintana era passadista, leve, menor: "Uma poesia difícil, porque intensamente alusiva e de um 'humor' sutil, irredutível. Uma clareza ilusória, porque de um instrumento multívoco". Quintana, até então sempre citado entre os "outros" que terminavam a lista dos nomes da literatura gaúcha, passou a ser nomeado por extenso. Logo começaria a encabeçar a lista, onde ainda permanece, com todo o direito, diga-se. Quintana nunca fez nada pela fama, ao contrário. Sua poesia se virou sozinha. Como disse Monteiro Lobato, em carta ao poeta: "Que coisa bonita o verdadeiro talento! Como vence, como se impõe – como se alastra por mais escondido que comece...".

Em 1953, entrou para o *Correio do Povo*, ficando até o jornal fechar, em 1984 – é, ele só saía dos jornais quando eles fechavam. A Jorge Luis Borges associamos de imediato a imagem de uma biblioteca; a Vinicius de Moraes, a de um bar; a Quintana, a de uma redação – e, claro, a das ruas de Porto Alegre, a das andanças sem rumo, na caça de esquinas e entardeceres. Dizem que morou em infinitas pensões e hotéis, mas passou mais tempo no *Correio*, sozinho, muitas vezes sem que se soubesse exatamente o que andava fazendo. Como se viu neste livro, defendia sua privacidade com uma língua mais rápida que Billy the Kid – e não menos mortal.

Apenas em 1966 foi lançado nacionalmente. A *Antologia poética* (Editora do Autor) levou o Prêmio Fernando Chinaglia de melhor livro do ano e desatou novo surto de edições, como *Caderno H* (Globo, 1973), *Apontamentos de História Sobrenatural* (Globo, 1976, premiado com o Pen Club de Poesia Brasileira no ano seguinte), *A vaca e o hipogrifo* (Garatuja, 1977), *Na volta da esquina* (Globo, 1979). Depois vêm *Esconderijos do tempo* (L&PM, 1980), *Lili Inventa o Mundo* (Mercado Aberto, 1983), *O sapo amarelo* (Mercado Aberto, 1984), *Baú de espantos* (Globo, 1986), *A cor do invisível* (Globo, 1989), *Velório sem defunto* (Mercado Aberto, 1990) e *Sapato Furado* (FTD, 1994). A Academia Brasileira de Letras despertou por um momento, entre um chá e uma bajulaçãozinha aos poderosos, fazendo-lhe uma homenagem.

Mais tarde, em 81, lhe deu o Prêmio Machado de Assis pelo conjunto da obra. Quanto ao fardão, lhe negou três vezes.

Sempre arredio, Quintana garantia que era preferível ser alvo de um atentado do que de uma homenagem: era mais rápido e sem discurso. Com o tempo, se acostumou, até gostou, mas com a ironia costumeira disse que eram tantas que nem lhe sobrava tempo para morrer. É preciso notar que muitas dessas homenagens foram uma tentativa de institucionalizá-lo. Sob o rótulo de anjo, queriam-no doce e apenas doce. Mas Quintana uma vez disse que nele havia um anjo e um demônio e que, ao contrário do que se podia pensar, não brigavam entre si, conviviam. Na verdade havia ainda um terceiro elemento, o misterioso *Mister* Wong, aquele que num concerto – enquanto o doutor Jekyll ouvia compenetrado a música e *Mister* Hyde arriscava "um olho e a alma" nos seios das mulheres – descansadamente contava os carecas da plateia.

Mario Quintana morreu em 5 de maio de 1994. Seu enterro teve o aparato oficial esperável, com as lágrimas e as declarações de sempre. Mas teve festa também. Quintana manteve a compostura até o fim.

lepmeditores
www.lpm.com.br
o site que conta tudo

IMPRESSÃO:

PALLOTTI
GRÁFICA

Santa Maria - RS | Fone: (55) 3220.4500
www.graficapallotti.com.br